# Deluso

# COLLECTION DES QUATRE-VENTS

Dans la même collection :

*Amour frappé* d'Alan Rossett
*L'Ange noir* de Nelson Rodriguès/J.Thiériot
*Antoine Vitez, metteur en scène et poète* d'Anne Ubersfeld
*L'Argent du beurre* de Louis-Charles Sirjacq
*Au loin les caroubiers* de Fatima Gallaire
*Au Théâtre comme au Théâtre* de Yoland Simon
*Avignon OFF* d'Alain Léonard et Gérard Vantaggioli
*César et Drana* d'Isabelle Doré
*Cet animal Étrange* de Gabriel Arout
*Chair Amour* de Victor Haïm
*Le Cimetière des éléphants* de Jean-Paul Daumas
*Les Co-Épouses* de Fatima Gallaire
*Comme on regarde tomber les feuilles* d'Yves Marchand
*Conversations sur l'infinité des passions* de Louise Doutreligne
*Des Harengs rouges* de Varoujean
*L'été* de Romain Weingarten
*Étoiles dans le ciel du matin* d'Alexandre Galine/Lily Denis
*Femme-Sujet* d'Anca Visdei
*La Fête virile* de Fatima Gallaire
*La Fin du Rêve du Roi Narmer* de Julius-Amédé Laou
*Les Grimaces d'un vieux singe* de Jacques Mauclair
*Homme et Galant Homme* d'Eduardo de Filippo/Huguette Hatem
*L'Idéal* de Daniel Lemahieu
*Les Jardins de France* de Louise Doutreligne
*Les Musiciens, les Émigrants* de Liliane Atlan
*Le Lavoir* de Dominique Durvin
*Madame Antoine* de Patricia Niedzwiecki
*Maison-Jupons* de Guyette Lyr
*Master Class* de David Pownall/Michel Vuillermoz/Guy Zilberstein
*Mon Frère, mon amy* de Gérard-Henri Durand
*Mourir en Chantant* de Victor Haïm
*Le Naufrage de l'amiral Buquin* de Jacqueline Recoing
*Noces de sable* de Gérard Gelas
*Nous, Charles XII* de Bernard Da Costa
*La Nuit du Père* de Richard Demarcy
*Le Palier* de Giuseppe Manfridi
*La Peau d'un Fruit* de Victor Haïm
*Les Perdrix* de Christophe Huysman
*Piano seul* de Vera Feyder
*Le Plaisir de l'amour* de Robert Poudérou
*Princesses* de Fatima Gallaire
*Le Retour de Casanova* de Jacques Téphany d'après le récit d'Arthur Schnitzler
*Rétro* de Patricia Niedzwiecki
*Rimm la Gazelle* de Fatima Gallaire
*Le Sang chaud de la terre* de Christophe Huysman
*Savez-vous langer Léon ?* d'Anca Visdei
*La Servante* de Victor Haïm
*Station Volontaires* de Catherine de Seynes
*Les Trompettes de la Renommée* de Julius-Amédé Laou
*Une Nuit de Casanova* de Franco Cuomo/Huguette Hatem
*La Visite* de Victor Haïm
*Les Yeux d'encre* d'Arlette Namiand

**Vera Feyder**

# Deluso

*Ouvrage publié avec le concours du Centre National du Livre*

Répertoire thématique contemporain
2. L'Amour

Éditions des Quatre-Vents

Illustration de couverture :
Symphonie en blanc n°2
La Petite fille blanche
James Mc Neill Whistler

© Éditions des Quatre-Vents
6, rue Gît-le-Cœur — 75006 Paris
Tél : 46 34 28 20

# Du même auteur

### Théâtre
aux Éditions Actes Sud/Papiers
*Emballage Perdu*, Stock, 1977 - Papiers 1986, 1994.
*Le Menton du chat*, 1988.
*Le chant du retour*, 1989.
*Derniers télégrammes de la nuit*, 1989.
*Impasse de la Tranquillité*, 1991.

aux Éditions Quatre-Vents
*Piano Seul*, 1995.

### Romans
*La Derelitta*, Stock 1977, Prix Victor Rossel.
Réédition Ubacs 1984.
*L'Éventée*, Stock 1978.
*Caldeiras*, Stock 1982.

### Poésie
*Le temps démuni*, 1961. Prix « Découverte ».
*Ferrer le sombre*, Rougerie 1967.
*Pays l'absence,* 1970. Prix François Villon.
*Passionnaire*, Numaga, Neuchâtel, 1975.
(avec des gravures de Sonia Delaunay, Ubac et Matta)
Primé par l'Académie Française.
*Minérale Mémoire*, 1975 (avec Mathys, sculpteur).
*Épars*, Hôtel Continental, 1984.
*Franche ténèbre*, Ubacs, 1985.
*Petit incinérateur de poche*, Pierre Laleure, 1987.
*Eaux douces, eaux fortes*, Hôtel Continental, 1988.
*Pour Élise*, Unimuse, 1988.
*Le fond de l'être est froid*, Rougerie, 1995.

### Nouvelles
*Un Jaspe pour Liza*, Les Temps Modernes, février, 1965.
Rééditions Pierre Laleure, 1977 ; Tetras-Lyre, 1989.
*Une cabine vient patientez*, Réalités secrètes.
*Pourquoi meurent les otaries ?*, Réalités secrètes.
*Nul conquérant n'arrive à temps*, Atelier du Gué, 1978.
*La bouche de l'ogre*, (à paraître).

### Essai
*Liège*, Collection « Des villes », Champ Vallon, 1992.

### Cinéma
*La Derelitta* (scénario et adaptation avec le réalisateur Jean-Pierre Igoux).
F.R.3 Cinéma 16, 1981.
*Signes de la main* (en collaboration avec Rémi Bienvenu).

# Personnages

**ÉRIC**  majordome (jeune)

**MEZZAFERTI**  impresario (la cinquantaine)

**CLAYTON**  écrivain-gigolo (la quarantaine)

**FLAMEL**  pompier (la cinquantaine)

**ELLE**  âgée, mais sans âge

# Acte 1

## Scène 1

*Un grand salon dans une vaste demeure : tout y est clair, mobilier, tentures, revêtements des murs et des sièges. Quelques très beaux meubles. Des candélabres, des bouquets de fleurs, des corbeilles de fruits un peu partout.*
*C'est la fin d'un bel après-midi d'automne ; d'une fenêtre, côté jardin, les derniers feux du soleil filtrent à travers les arbres qu'on devine tout proches. Des oiseaux y chantent, comme souvent à l'heure du coucher.*
*Au fond du salon, en hémicycle, trois fausses fenêtres, (semblables à la vraie) où toutes les vitres, entre les meneaux, sont des miroirs où lustres et candélabres se reflèteront quand viendra l'heure de les allumer.*
*Épousant l'arrondi du fond, deux marches font estrade sur laquelle un piano est posé, ouvert, avec des partitions.*
*Au lever du rideau, Éric, jeune majordome, achève son tour d'inspection : fleurs dans les vases, fruits dans les coupes, mousseline et embrasses des rideaux.*
*Sa livrée, sa fonction, et le sérieux avec lequel il l'accomplit doivent donner l'impression qu'il est plus vieux que son âge.*
*À l'approche d'une voiture qu'on entend rouler sur le gravier, il se dirige vers la fenêtre — non pour l'ouvrir, mais pour la fermer, la bloquer même en donnant un tour de clé à l'espagnolette. En enlevant aussitôt la clé, et la glissant dans une des poches de sa veste.*
*Des aboiements de dogues précèdent l'arrêt de la voiture ; Éric se précipite dehors, par une porte en haut de l'estrade, d'où les voix nous parviennent. On a cessé d'entendre les oiseaux.*

**ÉRIC** *(Voix extérieure)* Si Monsieur veut bien me suivre. *(Portières claquées, pas sur le gravier)* Laissez cela.

*Éric introduit dans le salon Mezzaferti : petit, la cinquantaine, fringant et nerveux.*

**MEZZAFERTI** *(Se dégageant d'Éric)* Mais, ma corbeille...

**ÉRIC** Je m'en charge, Monsieur. Les chiens sont dangereux.

**MEZZAFERTI** Dangereux, avec moi ? Tous ses chiens, je les ai connus. Tous, vous m'entendez ? Nadir, Folco, Paillasse...

**ÉRIC** Ce sont les ordres de Madame.

**MEZZAFERTI** *(Amusé)* Alors je m'incline.

**ÉRIC** Ce que nous faisons tous, Monsieur.

*Éric sort, laissant la porte entrouverte. Mezzaferti, seul, retire ses gants, et examine les lieux ; il est en smoking noir, un peu froissé, chemise blanche, nœud papillon gris ; il ne tient pas en place, tout en fredonnant : « Bella figlia dell'amore... ». Éric revient, porteur d'une énorme corbeille de fleurs blanches.*

**MEZZAFERTI** *(S'empressant autour de sa corbeille)* Doucement... Les blanches sont les plus fragiles... Si vous saviez comme j'en ai pris soin, en roulant, toutes fenêtres fermées... et par cette chaleur...

**ÉRIC** Madame saura apprécier.

*Éric pose la corbeille, au bas de l'estrade, côté cour.*

**MEZZAFERTI** Non, pas là !

**ÉRIC** C'est la place préférée de Madame pour les fleurs. *(Jugeant de l'effet)* Savez-vous pourquoi ?

**MEZZAFERTI** *(Amusé)* Parce qu'ainsi, elles sont à ses pieds.

**ÉRIC** Vous la connaissez mal.

**MEZZAFERTI** Vous ne la connaissez pas.

**ÉRIC** Vous ne la connaissez plus.

**MEZZAFERTI** Ce doit être vrai. En quinze ans, on change.

**Éric** *(Arrangeant les fleurs)* Madame dit que, de cette place les fleurs regardent le jardin, là, juste dans cet axe.

**Mezzaferti** C'est un point de vue.

**Éric** Celui des fleurs.

**Mezzaferti** Elles le verraient mieux encore du haut du piano. Chez la princesse Vichino-Palazzi, son majordome place toujours mes corbeilles sur le piano.

**Éric** Sans doute parce que la princesse n'en joue pas. Et que les fleurs l'indiffèrent.

**Mezzaferti** Et que son valet, surtout, n'a pas votre impertinence.

**Éric** J'aime ma maîtresse, Monsieur, là où d'autres se contenteraient de la servir.

**Mezzaferti** Quand on est payé pour faire quelque chose on sert, on n'aime pas. Aimer est un mot qu'il faut laisser à de plus nobles sentiments.

**Éric** *(Du tac au tac)* Monsieur « aimerait-il... » boire quelque chose ?

**Mezzaferti** *(Essayant fauteuils et sofas)* Volontiers, mais pas seul.

**Éric** Monsieur m'excusera de ne pouvoir tenir compagnie à Monsieur.

**Mezzaferti** *(Interloqué)* Mais je ne vous le demande pas, grands dieux ! *(Éric s'affaire interminablement autour de la corbeille)* Qu'attendez-vous pour aller m'annoncer ?

**Éric** *(Lui faisant face)* Que Madame me sonne.

**Mezzaferti** Si elle n'est pas prévenue de mon arrivée...

**Éric** J'ai des ordres, Monsieur.

**Mezzaferti** Et moi des urgences, figurez-vous ! *(Il commence à s'énerver)* Savez-vous combien de kilomètres j'ai fait depuis hier ? *(Éric ne bronche pas)* Je suis parti comme un fou au reçu de son télégramme, dont les termes, je l'avoue, m'ont bouleversé...

Éric *(L'interrompant)* Vous l'avez sur vous ?

Mezzaferti *(Stoppé dans son élan)* Sur moi ?

Éric Le télégramme.

Mezzaferti *(Désarçonné)* Oui, sans doute.

Éric Mieux vaudrait vous en assurer.

Mezzaferti M'en assurer ? Et pourquoi ?

Éric Pour le cas où vous ne seriez pas l'homme qu'elle attend.

Mezzaferti *(Se fouillant, excédé)* Mezzaferti... Aldo Mezzaferti. Son impresario. Vous voulez ma carte ?

Éric Non. Une carte, n'importe qui peut en présenter une. C'est le télégramme qu'il me faut. *(Temps)* Ce sont les ordres.

Mezzaferti Eh bien, moi, je vais vous en donner un d'ordre : allez immédiatement avertir Madame de mon arrivée.

Éric Sans le télégramme, c'est impossible.

Mezzaferti *(Hors de lui)* Alors, j'y vais moi-même. *(Mezzaferti sort par le fond ; les chiens aboient — ils se sont rapprochés — et il rentre aussitôt refermant la porte derrière lui)* Rappelez ces chiens !

Éric Ils n'obéissent qu'à Madame.

Mezzaferti Mais enfin son télégramme parlait bien d'un dîner. À vingt heures. Vingt heures précises...

Éric *(Consultant sa montre)* Vous avez un quart d'heure d'avance.

Mezzaferti Quand je pense que j'ai failli me tuer dix fois sur la route...

Éric Vous conduisez très bien m'a dit Madame.

Mezzaferti Ah ? Elle vous a donc parlé de moi ?

Éric À mots couverts.

**MEZZAFERTI** *(Intéressé)* Et que vous a-t-elle dit encore ?

**ÉRIC** Des choses bien anodines, Monsieur.

**MEZZAFERTI** Par exemple ?

**ÉRIC** *(Après un temps)* Précisément, que vous aviez été son amant le plus rapide.

**MEZZAFERTI** *(Méfiant)* Le plus rapide ?

**ÉRIC** Sur route. *(Temps)* Le plus rapide sur route.

*Les deux hommes se regardent. D'un piano, à l'étage, des airs d'opéra se font entendre.*

**MEZZAFERTI** Qu'est-ce que c'est ?

**ÉRIC** *(Écoutant)* Madame, Monsieur.

**MEZZAFERTI** Au piano ?

**ÉRIC** Oui, les chiens ont dû la réveiller.

**MEZZAFERTI** La réveiller ?

**ÉRIC** Madame dort beaucoup dans la journée.

**MEZZAFERTI** Mais il est bientôt huit heures.

*Les chiens se sont rapprochés ; on les entend gronder et s'ébattre sur le gravier comme s'ils déchiquetaient quelque chose.*

**ÉRIC** Je ferais mieux de ranger la voiture de Monsieur au garage, si Monsieur ne veut pas retrouver ses coussins en charpie. Ces *masnadieri* sont capables de tout.

*Éric sort. Resté seul Mezzaferti cherche à repérer d'où vient le piano. Au dehors, on entend Éric parler aux chiens, puis, après un claquement de portière, une voiture démarre et roule sur le gravier ; elle s'éloigne, on la perd. Mezzaferti s'examine dans la glace, se recoiffe, puis sort de sa poche un papier qu'il déplie, relit hâtivement, replie et remet dans sa poche qu'il tapote, satisfait. Le jour tombe et le piano joue en continuité.*

**Mezzaferti** Au piano, elle est en progrès.

*Soudain, il prend sa corbeille et la hisse, non sans mal sur le piano ; puis, il s'éloigne, content de lui, en sifflotant, et s'arrête près d'une console surmontée d'un miroir dans lequel lui apparaît le personnage qui vient d'entrer. Son sifflotement s'arrête net. Il se retourne et découvre Clayton, en haut de l'estrade : grand et maigre, une redingote noire jetée sur ses épaules, le visage fermé, l'air hautain ; il porte des gants noirs et une écharpe de soie blanche.*

**Clayton** Je ne crois pas être en avance.

**Mezzaferti** En avance ?

**Clayton** Le télégramme disait vingt heures *(Il consulte sa montre gousset)* Encore quelques minutes. *(D'un mouvement d'épaule, il fait glisser sa redingote et, en descendant les deux marches, la tend à Mezzaferti)* Veuillez m'annoncer. *(Mezzaferti reste coi)* Eh bien, qu'est-ce que vous attendez ?

**Mezzaferti** *(Prenant la chose légèrement)* Que Madame se réveille.

**Clayton** C'est vous, mon cher ami, qui ne me semblez pas bien réveillé. Tenez, allez et portez-lui ceci.

*Il sort un écrin de sa poche et le tend à Mezzaferti au moment où reparaît Éric.*

**Éric** Monsieur Clayton, je présume. *(Il s'empresse vers Clayton, et d'un même mouvement lui retire la redingote du bras et l'écrin de la main)* Vous avez fait bon voyage ?

**Clayton** Excellent.

**Éric** Je n'ai pas entendu votre voiture arriver.

**Clayton** Je suis venu par le train.

**Éric** *(Un rien décontenancé)* Par le train. *(Temps)* Mais la gare est très loin.

**Clayton** Moins d'une demi-heure, à pieds.

**Éric** Et Monsieur a trouvé sans mal ?

CLAYTON  En suivant la rivière. Et les instructions du chef de gare. Fort jolie promenade.

ÉRIC  C'est aussi l'avis de Madame.

CLAYTON  *(Désignant Mezzaferti planté devant la console)* Alors, puis-je savoir lequel de vous deux voudra bien m'annoncer à elle ?

ÉRIC  *(Empressé)* Certainement pas Monsieur.

CLAYTON  Alors, faites, je vous prie. *(Éric va pour sortir)* Et dites à celui-ci de me laisser. *(Mezzaferti, sidéré, ne bouge pas)* Vous entendez ? Je veux rester seul ici pour l'attendre.

MEZZAFERTI  *(Se contenant difficilement)* En voilà assez ! *(À Éric)* Qu'est-ce que vous attendez, vous, pour dire à ce Monsieur qui je suis ?

ÉRIC  *(Posément)* Qu'il me le demande.

MEZZAFERTI  *(S'énervant)* Mais c'est moi qui vous le demande. Et je ne vous le demande pas d'ailleurs, je vous l'ordonne.

ÉRIC  Monsieur devrait se calmer. Je n'ai d'ordres à recevoir que de Madame.

MEZZAFERTI  Alors allez la chercher, Madame, et finissons-en ! Tout ceci est grotesque. *(Il s'agite et, d'un geste emphatique, montre sa corbeille)* Enfin, regardez mes fleurs !

*Éric se précipite vers la corbeille qu'il descend du piano et replace au bas de l'estrade.*

ÉRIC  Je vous avais défendu de les poser là.

MEZZAFERTI  Et moi je vous défends de me défendre quoi que ce soit...

*Un strident coup de sonnette l'arrête net. Éric sort précipitamment.*

MEZZAFERTI  *(À Clayton, sur sa lancée)* C'est un malentendu, cher Monsieur, un malentendu... Astrid ne peut pas vous attendre ce soir, puisque c'est moi... *(À voix basse)* « Toi seul as compté... » disait son télégramme.

**Clayton** *(Sort un télégramme de sa poche)* Le même que celui-ci ?

*Mezzaferti s'empare du télégramme dans la main de Clayton, mais il fait trop sombre pour qu'il puisse lire.*

**Mezzaferti** Ah, on n'y voit rien. (*Clayton allume son briquet sous le nez de Mezzaferti, lisant*) « Te voir. Te revoir. Toi seul as compté. Et comptes encore. Viens. T'attends depuis toujours. » *(Estimant qu'il en a lu assez, d'un même mouvement, Clayton arrache son télégramme des mains de Mezzaferti, ferme son briquet et remet le tout dans sa poche. On s'aperçoit alors que la scène est quasiment dans le noir : dehors, le jour est tombé, tandis que lentement, aux candélabres muraux, au lustre, la lumière monte, mystérieusement)* Ah, enfin, un peu de lumière...

**Clayton** Je suppose que c'est le signal.

**Mezzaferti** Le signal ?

**Clayton** Du dîner. Son majordome va nous annoncer sous peu que Madame est servie.

**Mezzaferti** Ridicule.

**Clayton** Mais probable.

**Mezzaferti** Astrid n'a jamais fait tant de mystères.

**Clayton** Elle en a toujours fait. Mais pas avec vous. Un marchand n'est pas un amant.

**Mezzaferti** J'ai été les deux, et je m'en flatte. Je l'ai aimée, et je l'ai fait aimer au monde entier.

**Clayton** Vous l'avez *vendue* au monde entier.

**Mezzaferti** Pour sa gloire.

**Clayton** Pour votre profit, Mezzaferti.

**Mezzaferti** *(Troublé)* Vous connaissez mon nom ?

**Clayton** Qui ne le connaît, quand on a approché Astrid.

**Mezzaferti** Je ne vous le fais pas dire ; elle me doit tout.

**Clayton**  Sa voix ? Sa beauté ? Son talent ?

**Mezzaferti**  Que j'ai passé ma vie à servir.

**Clayton**  En vous servant.

**Mezzaferti**  C'est la règle.

**Clayton**  Une règle qui profite aux forts, au détriment des faibles.

**Mezzaferti**  Faible, Astrid ? Croyez-vous vraiment ?

**Clayton**  Il importe peu ce que je crois, Mezzaferti, puisque dans quelques minutes, quand cette porte s'ouvrira, son zélé majordome vous priera instamment de quitter les lieux.

*Tout en parlant, Clayton est remonté vers le fond et, négligemment, en passant près de la corbeille détache une fleur qu'il glisse à sa boutonnière et se met au piano.*

**Mezzaferti**  Non, mais dites-donc ! Ma corbeille...

**Clayton**  *(Pianotant d'une main, et un doigt sur les lèvres)* Vous allez réveiller les chiens.

**Mezzaferti**  *(Nerveux, se balance d'avant en arrière)* Vous l'avez accompagnée ?

**Clayton**  *(Jouant toujours)* Partout.

**Mezzaferti**  Impossible, j'étais là.

**Clayton**  Partout, en pensées.

**Mezzaferti**  Ses accompagnateurs, c'est moi, et moi seul qui les choisissais.

**Clayton**  Et les vidais. Les uns après les autres.

**Mezzaferti**  Aucun n'était à sa hauteur.

**Clayton**  Vous êtes trop petit, Mezzaferti, pour parler de hauteur.

**Mezzaferti**  De quel droit, Monsieur ?

**Clayton** Du droit du plus faible, Mezzaferti. De celui qui n'a rien à gagner, rien à perdre. *(Temps. Il joue)* Vous ne pourriez en dire autant.

**Mezzaferti** Exact. Rien à perdre, tout à gagner.

**Clayton** Avec une petite idée marchande derrière la tête.

**Mezzaferti** *(S'emballant)* Avec une idée, oui ! Une formidable idée qui va la ressusciter au monde. Au monde entier, vous entendez. Une idée qui vaut de l'or. Une idée que j'ai là *(Il tapote sa poche)* et contre laquelle ni vous ni personne ne pourrez rien.

**Clayton** Une idée que vous remporterez, Mezzaferti.

**Mezzaferti** *(Se contenant de moins en moins)* Ah, cessez de m'appeler par mon nom. Est-ce que je vous ai seulement demandé le vôtre ?

**Clayton** Clayton. Hugues Clayton. Écrivain.

**Mezzaferti** Votre nom m'est totalement inconnu.

**Clayton** C'est un nom fort courant en Angleterre.

**Mezzaferti** Il m'est totalement inconnu en tant qu'écrivain, c'est ce que je voulais dire.

**Clayton** C'est ce que j'ai fort bien compris.

**Mezzaferti** Et des écrivains, j'en ai côtoyé, croyez-moi. Et des grands !

**Clayton** Elle, vous voulez dire ?

**Mezzaferti** Elle ?

**Clayton** Astrid.

**Mezzaferti** Elle, moi, oui, les plus grands. Hemingway, Steinbeck, Faulkner, Miller...

**Clayton** Qui ne sont pas anglais, Mezzaferti, mais américains.

**MEZZAFERTI**  Anglais, américains, c'est la célébrité qui compte. Ils sont célèbres et vous ne l'êtes pas.

**CLAYTON**  Ils sont morts et je suis vivant ; j'ai ce grand avantage sur eux.

**MEZZAFERTI**  Qui vous donne quoi, aujourd'hui ?

**CLAYTON**  *(Pianotant toujours)* La chance... le bonheur de retrouver une femme que j'ai aimée... beaucoup aimée...

**MEZZAFERTI**  *(Marquant un point)* Vous n'avez pas été le seul, Clayton, permettez-moi de vous le dire.

**CLAYTON**  ... et qui m'a, elle aussi, beaucoup aimé...

**MEZZAFERTI**  Ce qu'ils disent tous ; là non plus vous n'êtes pas le seul.

**CLAYTON**  Mais je suis le seul à être ici ce soir, à sa demande.

**MEZZAFERTI**  Avec moi.

**CLAYTON**  Plus pour longtemps.

*Clayton joue toujours ; Mezzaferti, énervé, se dirige vers une console, débouche une carafe, et se verse à boire ; il boit et fait la grimace.*

**MEZZAFERTI**  Ah ! Astrid n'a jamais su choisir ses vins. De mon temps, Clayton, les millésimés coulaient à flots...

**CLAYTON**  Pour vous. Pour vos clients. Jamais pour elle.

**MEZZAFERTI**  Mauvais. Très mauvais pour la voix.

**CLAYTON**  Mais pas pour ceux qui en vivent.

**MEZZAFERTI**  Parfaitement. Les affaires se traitent ainsi.

**CLAYTON**  Et les hommes, Mezzaferti ?

**MEZZAFERTI**  Les hommes ?

**Clayton** Ceux qui ne venaient pas vous proposer d'affaires. Ceux qui, simplement, passaient par vous... étaient bien obligés de passer par vous, s'ils voulaient la rencontrer, elle.

**Mezzaferti** Je les traitais poliment. Poliment, mais fermement. Je n'avais pas de temps à perdre.

*Mezzaferti s'interrompt en voyant entrer Éric poussant devant lui une table roulante avec des plats couverts, des assiettes, des bouteilles, des verres et tout ce qu'il faut pour manger. Clayton cesse de jouer ; Mezzaferti ne bouge pas. Éric s'arrête en haut de l'estrade, juste avant la marche.*

**Éric** *(À Mezzaferti)* Puis-je vous demander de bien vouloir m'aider ?

**Mezzaferti** Vous aider ?

**Éric** À descendre la table.

**Mezzaferti** Vous vous fichez de moi, non ?

**Éric** Non, je ne crois pas, Monsieur. Le dîner que je vous ai préparé est de tout premier choix. Monsieur va pouvoir en juger. Mais pour sa commodité, il vaudrait mieux rapprocher cette table-ci de l'autre. C'est pourquoi je me permettais de demander à Monsieur de bien vouloir m'aider.

**Mezzaferti** *(Sans bouger)* Où est Madame ?

**Éric** Dans sa chambre.

**Mezzaferti** Il est huit heures et demi passées. Le sait-elle ?

**Éric** Quoi, Monsieur ?

**Mezzaferti** Que je suis là. Que j'ai roulé toute la nuit et une journée entière pour la voir...

**Éric** Madame sait tout cela Monsieur.

**Mezzaferti** Alors qu'est-ce qu'elle attend pour descendre ?

**Éric** Que sa migraine soit passée.

**Mezzaferti** Sa migraine ?

**Éric** Une épouvantable migraine, Monsieur, qui la tient depuis plusieurs jours.

**Mezzaferti** *(Venant se planter sous Éric, toujours debout au bord de l'estrade)* Non mais, dites-donc, vous ne croyez tout de même pas que j'ai fait deux mille kilomètres...

**Éric** *(Rectifiant)* Quinze cents. Turin n'est pas Milan.

**Mezzaferti** *(Attrapant Éric par les revers de sa veste)* Conduisez-moi immédiatement à la chambre de Madame.

**Éric** Monsieur a tort de s'emporter. Cela ne servira à rien.

**Mezzaferti** Très bien. Alors, je me passerai de vous.

*Mezzaferti passe devant Éric, et se dirige vers la porte.*

**Éric** Aux risques et périls de Monsieur.

*Mezzaferti sort. Clayton se précipite vers Éric.*

**Clayton** *(Rapidement)* Vous lui avez remis mon écrin ?

**Éric** En mains propres, Monsieur.

**Clayton** Et alors ?

**Éric** Alors, rien, Monsieur. Madame est dans le noir. Avec cette épouvantable migraine, je ne puis allumer sans qu'elle m'en donne l'ordre.

**Clayton** Elle ne l'a pas ouvert ?

**Éric** Non, Monsieur.

**Clayton** Mais vous lui avez dit que j'étais là ?

**Éric** Dès votre arrivée, Monsieur. *(Temps)* Madame se fait une telle joie de vous revoir.

**Clayton** Alors, cette migraine ?...

ÉRIC  Oui, Monsieur ?

CLAYTON  C'est une comédie.

ÉRIC  Oh, Monsieur, une comédie !

CLAYTON  Pour décourager Mezzaferti d'attendre !

ÉRIC  Je crains de ne pas comprendre, Monsieur.

CLAYTON  Pour que nous soyons seuls, elle et moi.

ÉRIC  Non, je ne crois pas, Monsieur.

CLAYTON  Alors, que signifie la présence de Mezzaferti, convoqué ici le même jour, à la même heure ?

ÉRIC  Je l'ignore, Monsieur. Madame ne me dit pas tout.

CLAYTON  Le télégramme, c'est vous qui l'avez envoyé ?

ÉRIC  Non, Monsieur, c'est Madame.

CLAYTON  À Mezzaferti aussi ?

ÉRIC  Certainement, Monsieur.

*Cette courte scène questions-réponses se jouera sur les allées et venues d'Éric déchargeant la desserte et posant le tout sur la table centrale où il mettra le couvert pour trois. Ensuite, il allumera les bougies aux candélabres. Clayton n'a pas cessé d'être sur ses talons.*

CLAYTON  *(Vite et bas)* Combien ?

ÉRIC  Pardon ?

CLAYTON  Ne faites-pas l'innocent ! Combien pour éliminer Mezzaferti ?

ÉRIC  Éliminer, Monsieur ?

CLAYTON  Vous me comprenez fort bien. Je ne vais pas passer la soirée en tête-à-tête avec ce pitre, alors qu'Astrid m'attend, et que nous avons tant de choses à nous dire !

**Éric** C'est que, Monsieur, je n'ai reçu de Madame aucun ordre de cet ordre, si je puis dire...

**Clayton** Elle vous paie aussi pour faire l'âne ? Alors, voilà le son.

*De son portefeuille, Clayton tire plusieurs billets et les tend à Éric : il les prend, les palpe, les retourne, les présente à la flamme d'une bougie — si près qu'on peut croire qu'il va y mettre le feu — puis les rend à Clayton d'un geste souverain.*

**Éric** *(Mettant une dernière main à la table)* Monsieur ne connaît pas le prix des choses.

*Mezzaferti revient ; Clayton range précipitamment portefeuille et billets en tournant le dos aux deux autres.*

**Mezzaferti** Qu'est-ce que cela signifie ?

**Éric** Ah, je suis bien content de revoir Monsieur. Monsieur justement est servi. *(Joignant le geste à la parole, Éric avance une chaise, en invitant Mezzaferti à s'y asseoir, et annonce)* Poularde aux morilles ! dont Madame me fait ordinairement grand compliment.

**Mezzaferti** *(À rejoint Éric)* Qu'y-a-t-il derrière ces grilles au bout de ces couloirs ?

**Éric** Je l'ignore, Monsieur. Mais si Monsieur veut bien se donner la peine...

**Mezzaferti** *(Sur sa lancée)* J'ai frappé à toutes les portes, elles sont toutes fermées à clé, pourquoi ?

**Éric** Ordres de Madame.

**Mezzaferti** Très bien. Allez lui dire à Madame, que si elle ne se manifeste pas dans le quart d'heure qui suit, je fais un malheur. Un malheur, vous entendez. Elle comprendra.

**Éric** *(Lâchant la chaise)* Bien Monsieur.

**Mezzaferti** Qu'est-ce que vous attendez ?

**Éric** Rien, Monsieur. Je réfléchissais à la manière dont j'allais présenter la chose à Madame. Si Madame, par extraordinaire, voulait bien m'ouvrir.

**Mezzaferti** Vous ouvrir ?

**Éric** Quand Madame se barricade dans sa chambre, elle n'entend rien. Double porte, blindée et capitonnée ; j'ai beau frapper...

**Mezzaferti** Frappez, mon ami, frappez. Et fort ! Car si vous n'êtes pas revenu d'ici... *(Il consulte sa montre)* un quart d'heure, j'appelle.

**Éric** Bien Monsieur. *(Arrivé à la porte, Éric se retourne)* Vous appelez qui ?

**Mezzaferti** C'est une surprise !

**Éric** Bien Monsieur. *(Même jeu, même fausse sortie)* Je souhaite tout de même bon appétit à ces messieurs. Refroidie la poularde est moins bonne.

*Éric sort. Mezzaferti a repris du poil de la bête, et aussi ses balancements.*

**Mezzaferti** Ah, non, mais de qui se moque-t-on ici ?

**Clayton** De vous, Mezzaferti. De vous, cela ne fait aucun doute.

**Mezzaferti** N'en soyez pas si sûr, Clayton. Qui veut la fin veut les moyens, surtout quand on les a ! Ce que je suis venu chercher ici, je l'aurai, coûte que coûte.

**Clayton** Ce qui veut dire, en termes clairs, que vous êtes prêt à y mettre le prix.

**Mezzaferti** Et le prix fort !

**Clayton** Raté ! Son majordome est incorruptible.

*Temps. Mezzaferti s'avance vers Clayton.*

**Mezzaferti** Comment le savez-vous ?

**Clayton** À votre avis ?

**Mezzaferti** *(Comprenant)* Vous me le paierez, Clayton !

**Clayton** *(Souriant, sûr de lui)* Je vous ai déjà payé, Mezzaferti.

**Mezzaferti** *(Se détournant)* Vos finasseries, vous pouvez les garder !

**Clayton** En monnaie sonnante et trébuchante. Payé cash. Rappelez-vous. C'était à Londres, au Savoy. Vous occupiez une suite, juste au-dessous de celle d'Astrid. J'avais déjà forcé votre porte car je m'étais fait annoncer plusieurs fois et vous refusiez de me recevoir...

**Mezzaferti** Aucun souvenir.

**Clayton** Aucun, vraiment ? J'avais vingt-trois ans. Je m'appelais alors Constantin Bird, je débutais et je vous apportais toutes mes économies pour acheter le privilège de la rencontrer, elle, puisqu'il fallait absolument passer par vous.

**Mezzaferti** C'était les ordres ! *Ses* ordres déjà !

**Clayton** De faire commerce de ce qui ne vous appartient pas.

**Mezzaferti** Sa carrière m'appartenait.

**Clayton** Mais pas sa vie. Ses plaisirs. Ses sentiments.

**Mezzaferti** Des mots, Clayton. Des mots creux, comme on en a écrit des millions sur elle.

**Clayton** Et qui vous en ont rapporté tout autant.

**Mezzaferti** Et à vous, que vous ont-ils rapporté, pour que soyez là ce soir, hein ?

**Clayton** C'est mon affaire, Mezzaferti.

**Mezzaferti** Très bien. Alors, ne vous occupez plus des miennes. *(Il consulte sa montre)* Plus que cinq minutes.

**Clayton** Le temps de finir mon histoire.

**Mezzaferti** Elle ne m'intéresse pas votre histoire, Clayton ! Une histoire vieille de combien ? Vingt ans ?...

**Clayton** Vingt-cinq ans.

**Mezzaferti** Vingt-cinq ans ! Un quart de siècle, vous voulez rire ?

**Clayton** À vos dépens, oui.

**Mezzaferti** Eh bien, riez, mon cher, riez ! Mais vous rirez seul, car moi je commence à en avoir assez. *(Il consulte sa montre)* D'ailleurs les quinze minutes sont passées. J'y vais.

*Mezzaferti se dirige vers la porte, mais en passant devant Clayton, celui-ci lui lance, sans le regarder.*

**Clayton** Vous avez peur, Mezzaferti.

**Mezzaferti** Peur ? Moi ? Vraiment ? Peur ! Et de quoi, je vous le demande ? D'un petit écrivaillon de troisième zone dont personne n'a jamais entendu parler.

**Clayton** D'elle alors !

**Mezzaferti** D'elle ? Une pauvre folle recluse depuis quinze ans...

**Clayton** Justement, Mezzaferti, ne trouvez-vous pas étrange que, sur ses ordres, nous soyons plantés là par son valet, sans le moindre signe de vie, avec cette table mise pour trois ?

**Mezzaferti** Pour trois ? *(Il s'approche de la table)* Mais alors...

**Clayton** Trois couverts et nous ne sommes que deux.

**Mezzaferti** ... Astrid va donc se joindre à nous !

**Clayton** À moins que quelque chose l'en empêche. Quelque chose. Ou quelqu'un.

**Mezzaferti** Quelqu'un ?

**Clayton** Quelqu'un qu'il nous faut peut-être affronter pour arriver jusqu'à elle. Thésée et le Minotaure. Son valet, qui sait ? Ou celui qui se donne pour tel.

**MEZZAFERTI** *(Consultant sa montre)* Le quart d'heure est passé. J'y vais.

**CLAYTON** *(Se levant)* Pas sans moi.

*Mezzaferti sort, Clayton sur ses talons. Leurs pas se perdent bientôt dans les couloirs et escaliers du château. Quant tout est silencieux, Flamel apparaît, soulevant une draperie, à l'entrée d'un couloir qu'elle dissimulait. Il s'avance prudemment vers le milieu du salon, qu'il découvre.*

**FLAMEL** Faisons vite.Vite et bien. Droit au but. *(Arrivé à la table, il soulève le couvercle du plat et le hume)* Hum... Poularde aux morilles... Inoffensives, les morilles... mais on ne sait jamais. Voyons l'aile... *(Il la prend, la roule dans une serviette)* Allez, hop, le tout dans mon chapeau... Il en a vu d'autres ! Et retournons à notre cachette. *(Flamel retourne se cacher derrière la tenture. Bas, dans sa cachette)* Voilà ! Mission accomplie. Salement. Mais accomplie tout de même.

*Clayton et Mezzaferti réapparaissent ; ils ont quelque chose de changé. Clayton a perdu de sa superbe. Mezzaferti fulmine.*

**MEZZAFERTI** *(Hors de lui)* Ah, on a voulu rire ! *(Il se verse à boire)* Ah, on s'est moqué de moi ! Rira bien qui rira le dernier, Astrid ! *(Il vide son verre d'un trait)* Elle me le paiera, Clayton, et vous aussi ! *(Il sort. On entend ses pas sur le gravier. Clayton vient vers la table ; troublé, il remet le couvercle sur le plat et recule, mal à l'aise. Mezzaferti revient. Voix blanche)* Ma voiture ! *(Clayton ne bouge pas)* Ma voiture, Clayton, elle a disparu ! Disparue, ma voiture ! Vous savez ce que cela représente ?

**CLAYTON** *(Toujours soucieux)* Une fortune, je n'en doute pas.

**MEZZAFERTI** *(Courant en tous sens)* Téléphone ! Non, la plaisanterie a des bornes... *(Hurlant)* Téléphone ! On va voir de quel bois je me chauffe !

**CLAYTON** Vous m'échauffez surtout les oreilles, Mezzaferti ! Une voiture de perdue, dix de retrouvées, par vos assurances, qui se feront un plaisir de vous rembourser.

**MEZZAFERTI** Arrêtez vos conneries, Clayton. Ma patience a des limites.

Clayton  Mais pas votre vulgarité.

Mezzaferti  Vous ne le prendrez pas toujours de haut, Clayton, je vous le promets. Nous ne sommes pas encore sortis d'ici.

Clayton  Moi, je n'ai qu'à repartir comme je suis venu, par le train. En longeant la rivière jusqu'à la gare.

Mezzaferti  Par nuit noire, il faudra la trouver la rivière... Avec ses chiens à vos trousses. *(Il court toujours)* Pas de téléphone !

Clayton  Astrid l'a toujours eu en horreur. *(Il revient préoccupé vers la table)* Au lieu de vous agiter inutilement, dites-moi plutôt ce que vous pensez de ceci ? *(Il soulève le couvercle)* Quelqu'un est venu et a touché au plat... il manque une serviette... et il y a des taches sur la nappe.

*Éric reparaît.*

Mezzaferti  Ah, vous voilà, vous !

Éric  Ces messieurs voudront bien m'excuser. J'ai simplement aidé Madame à s'habiller. *(Clayton et Mezzaferti se regardent ; Éric, impassible, vaque à ses fonctions)* Madame, encore une fois, prie ces messieurs de vouloir bien poursuivre sans elle, qui ne dînera pas, à cause de cette épouvantable migraine dont je vous ai parlé. *(Il soulève le couvercle du plat)* Ah, je vois qu'on y a fait honneur.

Clayton  *(Mal à l'aise)* Honneur ?

Éric  Monsieur n'a pas aimé ?

Mezzaferti  Où est ma voiture ?

Éric  Au garage, Monsieur.

Mezzaferti  Allez me la chercher immédiatement.

Éric  *(Après un temps)* C'est que, Monsieur, je suis de service pour le dîner.

Mezzaferti  C'est un ordre, vous m'entendez ! Allez me la chercher immédiatement. *(Éric ne bouge pas)* Sinon, j'appelle la police.

**Éric** *(Résumant posément la situation)* Si je pars chercher la voiture de Monsieur, que j'ai, soit dit en passant pour rassurer Monsieur, mise à l'abri des chiens qui s'esbaudiaient sur les coussins... oui, si donc je pars chercher la voiture de Monsieur... à pied, cela va sans dire, au garage... qui est fort loin... cela retardera d'autant l'arrivée de Madame.

**Mezzaferti** Parce que Madame ne peut pas faire un pas sans vous ?

**Éric** Précisément non, Monsieur ; il lui faut quelqu'un pour pousser son fauteuil.

**Clayton** *(Après un temps)* Vous voulez dire ?...

**Éric** Oui, Monsieur.

**Mezzaferti** *(Après un temps)* Impotente... Impotente ?

**Éric** Impotente, Monsieur, oui. Du latin *impoteus*, qui signifie : impuissant.

*Un temps.*

**Mezzaferti** Mais pas paralysée ?

**Éric** Paralysée, si, Monsieur.

**Mezzaferti** Mais... paralysée... de partout ?

**Éric** Non, Monsieur, des jambes seulement.

**Mezzaferti** *(Soulagé)* Ah, seulement des jambes... *(Temps)* Le reste, les bras, la tête...

**Éric** Oui, Monsieur. Sont intacts.

*Un temps. Clayton est perdu dans ses pensées ; Mezzaferti suit son idée.*

**Mezzaferti** *(Radouci, parce que rassuré)* Alors, peut-être pourriez-vous aller chercher Madame, et ensuite nous laisser seuls avec elle, pendant que vous ramèneriez ma voiture.

Éric *(Réfléchissant)* Oui, peut-être, en effet, pourrais-je faire cela. *(Mezzaferti s'impatiente)* Très bien, je vais aller en parler à Madame.

Mezzaferti *(L'arrêtant)* Ah, non, vous n'allez pas disparaître encore une fois, et pour Dieu sait combien de temps. Allez chercher Madame, puisque c'est entendu avec elle, et je vous garantis son consentement pour le reste. *(Fausse sortie d'Éric)* Eh bien, allez ! Qu'attendez-vous encore ?

Éric Que Madame me sonne dès qu'elle sera prête. *(Et Éric revient le plus naturellement du monde vers la table, où il commence à servir)* Je ne saurais trop conseiller à ces messieurs de suivre le conseil de Madame de dîner sans elle, puisque vous avez déjà commencé.

*Lui-même s'attable et se met à manger de fort bon appétit. Mezzaferti et Clayton le regardent, sidérés.*

Mezzaferti Mais qu'est-ce que vous faites là ?

Éric Je mange, Monsieur. Et, pour être plus précis, je mange l'autre aile de la poularde... puisque la première a déjà fait votre bonheur...

Mezzaferti *(Rugissant)* Debout !

Éric *(Mangeant toujours)* Jamais quand je mange.

Mezzaferti *(Le prenant par le collet)* Eh bien, vous ne mangerez plus. Allez chercher ma voiture, immédiatement. *(Éric est comme frappé d'immobilisme)* Vous entendez : immédiatement.

Éric Bien, Monsieur.

*Éric tourne les talons, sans rien changer de la position où l'a mis Mezzaferti.*

Clayton Restez ! *(Éric s'arrête)* Vous n'avez pas à obéir aux ordres de Monsieur. Reprenez votre place à table et mangez.

Éric Merci, Monsieur, mais je n'ai plus faim.

*Un temps. La pendule sonne. À la fin des neuf coups que les trois hommes ont écoutés, immobiles, Mezzaferti s'approche d'Éric.*

Mezzaferti Où puis-je téléphoner ?

Éric *(Sans bouger)* À la gare, Monsieur.

Clayton  C'est assez clair qu'il vous y envoie.

Mezzaferti  Shut-up, Clayton ! Attendez que je sois seulement sorti d'ici.

Clayton  Mais sortez, mon vieux, sortez. Qui vous retient ?

Mezzaferti  *(Après un temps)* Pour vous laisser la place, peut-être ! *(Il s'assoit)* Je reste.

Éric  *(Détendu)* Je suis content de voir Monsieur enfin raisonnable. Puis-je me rasseoir ?

Mezzaferti  *(Se levant)* Où sont les toilettes ?

Éric  Là, Monsieur, derrière cette tenture, en haut des marches, au bout du couloir.

*Éric lui a désigné l'avant-scène côté cour d'où on a vu, précédemment, sortir et rentrer Flamel. Mezzaferti disparaît par là. Clayton se précipite vers Éric.*

Clayton  Pourquoi n'allez-vous pas chercher sa voiture ?

Éric  C'est Monsieur lui-même qui vient de m'en empêcher.

Clayton  Je vous ai empêché d'aller prévenir Madame.

Éric  C'est pareil. Je ne puis rien faire sans ses ordres.

*On a entendu tambouriner à une porte, avant que ne réapparaisse Mezzaferti, furibond.*

Mezzaferti  La farce continue ! Elle est d'un goût !

Éric  Monsieur n'a pas trouvé ?

Mezzaferti  Si j'ai trouvé. J'ai trouvé une porte et elle est fermée. C'est la spécialité de la maison.

Éric  *(Troublé)* Impossible, Monsieur.

**Mezzaferti** Alors, conduisez-moi.

*Éric, très inquiet, disparaît sous la tenture, suivi de Mezzaferti. Resté seul, Clayton va vers la fenêtre qu'il s'efforce en vain d'ouvrir.*

**Clayton** Ma parole, elle est...

*Éric et Mezzaferti reviennent.*

**Mezzaferti** Qu'est-ce que je vous disais ? Bouclée, comme les autres.

**Éric** *(Bouleversé)* Il faut absolument que j'aille en parler à Madame.

*Éric remonte vers le fond. Le piano reprend ses airs d'opéra. Mezzaferti et Clayton s'immobilisent, écoutent ; Éric en profite pour sortir. La porte se referme lourdement derrière lui.*

**Mezzaferti** Qu'est-ce que c'est ?

**Clayton** La porte, Mezzaferti. La porte du piège. Cette fois nous sommes faits !

*Mezzaferti va vers la porte, tente de l'ouvrir ; la frappe de ses poings : on s'aperçoit alors qu'elle est en fer. Il court vers la fenêtre ; vaine tentative d'ouverture.*

**Clayton** Bouclée aussi. Et grillagée du dehors. Qu'en pensez-vous ?

**Mezzaferti** *(Revenant vers la table)* Que vous pourriez bien être son complice.

**Clayton** Je l'ai été autrefois. Et contre vous déjà. Savez-vous que plusieurs nuits de suite, nous nous sommes retrouvés dans sa chambre, au Savoy ?

**Mezzaferti** Beaucoup d'hommes sont venus la rejoindre dans sa chambre. Au Savoy ou ailleurs.

**Clayton** Et que nous parlions de vous. Qu'elle me disait toutes les sortes de chantage que vous exerciez sur elle.

**Mezzaferti** Et cela vous excitait, j'imagine !

**Clayton**  Elle vous traitait de porc.

**Mezzaferti**  Ne vous fatiguez pas, Clayton, je sais tout cela. *(Temps)* C'est moi qui installais les micros dans sa chambre. Sous son lit.

*Temps. Mezzaferti a fini par s'attabler, et, machinalement, s'est mis a manger, à boire. S'est, au double sens du terme, « mis à table ».*

**Clayton**  Vous êtes immonde !

**Mezzaferti**  Nous sommes tous immondes, Clayton. Nous choisissons seulement l'art et la manière de l'être.

**Clayton**  À l'encontre de qui ?

**Mezzaferti**  De qui nous cède. Ou de qui nous résiste.

**Clayton**  Et pour Astrid ?

**Mezzaferti**  Elle m'a d'abord cédé, puis elle m'a résisté. Dans ces cas-là, la tentation de l'immonde est irrésistible. Surtout quand on a les moyens de se l'offrir. Ces moyens, au début, je ne les avais pas totalement ; alors, je les ai cherchés, patiemment ; et je les ai trouvés.

**Clayton**  Dans une poubelle.

**Mezzaferti**  Facile, Clayton ! C'est une réplique comme on en trouve dans les romans de quatre sous. Des romans de gare pour des gens qui ne prennent jamais le train. *(Il boit à longs traits)* Tout le monde n'a pas la chance de porter haut et beau une tête comme la vôtre, Clayton, et de la laisser flotter au gré des passions que les femmes vous inspirent. Quand j'ai rencontré Astrid, elle avait dix-sept ans ; j'en avais vingt-cinq. En la voyant, j'ai su tout de suite que je l'aimerais ; et en l'entendant, j'ai su tout de suite que je n'aimerais jamais qu'elle. Ce n'était pas un bonheur, Clayton, mais une malédiction. Une malédiction quand on est ce qu'elle est, et quand on est ce que je suis. À l'époque, j'étais coursier dans une agence artistique où sa mère nous l'avait amenée en audition. Je l'ai vue attendre dans l'entrée ; puis, je l'ai entendue chanter, l'oreille collée à la cloison d'une porte... Je n'avais jamais rien entendu de pareil. Jamais je n'ai eu si mal de ma vie. Jamais, même enfant, à la mort de ma mère. *(Temps)* La souffrance du damné aux portes du paradis où jamais il ne lui sera permis d'entrer. Alors, j'ai décidé de passer outre ; j'ai forcé le destin, comme vous diriez dans vos livres, mais vous pensez bien que je n'ai pas finassé sur les moyens ; et j'ai appris ceci : qu'il faut pouvoir descendre aussi bas qu'on veut monter haut. Alors, tout, tout a été bon pourvu que je me trouve sur le chemin d'Astrid, et que je lui devienne, pour le meilleur ou pour le pire, indispensable. *(Tout en parlant, il n'a cessé de boire et de manger, au rythme de ses aveux, sans jamais regarder Clayton. En ayant fini, il se passe un grand coup de serviette sur la bouche)* Voilà. J'ai réussi, vous le savez. Et l'idée qu'elle puisse m'échapper, vivre, je ne dis pas sans moi, car elle vit sans moi depuis bientôt quinze ans, mais vivre sans penser à moi, sans être obligée de penser à moi, m'est intolérable. Je n'existe, Clayton, que parce qu'elle vit, peu m'importe où et comment.

CLAYTON  Et l'argent ? tout l'argent que vous lui avez pris ?

MEZZAFERTI  L'argent ne compte pas. Vous pouvez rire, Clayton, il ne compte pas. Sauf comme alibi. Alibi imparable : un homme qui sort ses griffes pour en gagner, quoi de plus naturel. Chapeau bas à cet homme que l'ambition dévore — mais honte à celui qu'une passion malheureuse conduit. C'est la morale du monde, Clayton, et sur cette morale j'ai fondé toute ma vie : impitoyable en affaires parce que pitoyable en amour. C'est pourquoi j'ai fait des affaires sur elle, par elle, avec elle, à défaut de l'amour que nous aurions pu faire ensemble.

CLAYTON  Que vous avez fait tout de même.

MEZZAFERTI  Que nous avons fait, un soir, il est vrai. Oui. Le soir de son premier triomphe à Vienne. Mais ce n'est pas avec moi qu'elle faisait l'amour, mais avec cette gloire toute fraîche qu'elle venait de recevoir de milliers de mains applaudissant à s'en faire éclater les veines. C'est à elles qu'elle se donnait, pas à moi. Moi, je n'étais que le régisseur, le manœuvre, le comptable, l'ordonnateur : j'avais seulement permis que le papillon vole de ses propres ailes. Il volait, c'est tout. Restait à m'assurer qu'il ne puisse le faire sans moi. *(Il allume un cigare, et boit continûment)* Et je m'y suis employé jusqu'au bout. Voilà ! *(Temps)* Et j'ai réussi !

CLAYTON  Elle vous a tout de même quitté après Carnegie Hall.

MEZZAFERTI  Elle m'a quitté, c'est vrai, mais pas pour continuer ailleurs, sans moi : elle quittait aussi la scène, le chant. Sa voix, c'est l'idée que des gens puissent venir l'entendre, l'applaudir sans que je sois là qui m'était intolérable... Si elle choisissait de rentrer dans l'ombre, si elle faisait silence autour d'elle, alors là je pouvais l'accepter. Enfin, le supporter. *(Temps)* L'abjection aura été ma sauvegarde, Clayton ; elle m'a sauvé comme d'autres sont sauvés par la grâce. *(Temps)* Si je n'avais pas eu ce recours, je crois que la douleur aurait fait de moi un assassin. *(Temps)* Je l'aurais très certainement tuée.

CLAYTON  Vous l'avez fait, en un sens.

MEZZAFERTI  En un sens seulement. Elle a quitté la scène en pleine gloire, non ? À l'apogée de son art : belle, fêtée, heureuse.

CLAYTON  Malheureuse.

MEZZAFERTI  Moins que moi.

CLAYTON  Seule.

MEZZAFERTI  Moins que moi, Clayton.

CLAYTON  Qu'en savez-vous ?

MEZZAFERTI  C'est en gagnant son ciel qu'on connaît son enfer. Croyez-vous que je serais ici ce soir si je n'avais l'espoir de retrouver celui que j'ai perdu ? *(Temps)* Il m'arrive de l'entrevoir certaines nuits, en écoutant les rares enregistrements qui existent d'elle, des bandes de travail... que je suis le seul à posséder... Et cette voix, Clayton, dont je connais maintenant toutes les inflexions, les couleurs, le souffle, j'ai beau l'écouter pendant des heures, et cela depuis des années, elle me fait toujours aussi mal que la première fois... Et je ne puis en jouir sans qu'elle me soit, comme alors, un supplice ! Et je ne puis pas non plus m'en passer... *(Temps)* Vous voyez, Clayton, que c'est un enfer très banal que le mien. Celui de tous les possédés qui ne peuvent vivre sans ce qui les fait précisément mourir.

*Un long temps, sur lequel, amené de très loin, et très lentement, la dernière vocalise de « L'Air de la Folie » de* Lucia de Lammermoor *(Donizetti) se fait soudain entendre, et s'impose en s'amplifiant. Mezzaferti s'en trouve comme électrisé, toujours assis à la table, Clayton debout, figé, derrière lui. Ils restent ainsi, médusés, tandis que le rideau tombe sur les applaudissements qui terminent l'air.*

## Scène 2

*Même décor, quelques heures plus tard. La nuit, donc. Sur l'air de* Doretta *(*La Rondine, *de Puccini) on découvre Clayton allongé sur le canapé, nuque renversée sur l'accoudoir, tandis que Mezzaferti, lui tournant le dos, est effondré sur la table, tête dans les bras. L'air se termine. Les hommes ne bougent pas. Aux candélabres, les bougies achèvent de se consumer ; tout l'éclairage du salon a baissé. D'un escalier, menant au cabinet de toilette, Flamel paraît, en chaussettes, tenant à la main ses bottines et son chapeau ; et, sur son bras, son veston et son imperméable. Minuit sonne ; il consulte sa montre.*

FLAMEL   Inutile de regarder ma montre, on n'y voit rien. Et, de toute façon, elle retarde. *(Il s'avance sur la pointe des pieds, vers la table)* Voyons un peu où en sont nos hôtes. *(Il s'approche de la table, prend délicatement le verre de Mezzaferti et le hume)* Grand vin, peut-être, mais poison ou pas poison, là est la question.

*Au cartel, les douze coups de minuit sonnent pour la deuxième fois.*

CLAYTON   *(Les yeux fermés sans bouger)* Combien ?

FLAMEL   *(Sans hésiter)* Douze.

CLAYTON   *(Toujours vaseux)* Douze ? Minuit ! *(Temps)* Nous sommes là depuis... depuis...

FLAMEL   *(Très naturel)* Depuis environ trois heures... Oui, il me semble bien que le concert a commencé autour de vingt-deux heures... Je ne pourrais pas l'affirmer attendu que je n'ai pas regardé ma montre, mais dix heures ont sonné au cartel peu avant le début...

**CLAYTON** Depuis quand êtes-vous là ?

**FLAMEL** Environ une demi-heure avant le début du concert...

**CLAYTON** Du concert ?

**FLAMEL** Que nous venons d'entendre, là... *(Temps)* Vous n'avez pas écouté ?

*Clayton est allé vers la porte, puis vers la fenêtre, constatant que l'une et l'autre sont toujours fermées. Il découvre Mezzaferti, le visage écrasé sur la table.*

**CLAYTON** Et celui-ci ? Que lui arrive-t-il ?

**FLAMEL** Je me posais justement la question quand vous m'avez demandé l'heure. *(Examinant la bouteille vide)* S'il a bu la bouteille à lui tout seul, la réponse va de soi. Qui cuve dort.

**CLAYTON** Comment ?

**FLAMEL** Quand on a bu ce qu'il a bu.

**CLAYTON** *(Toujours hébété)* Moi aussi j'ai bu, et...

**FLAMEL** Vous n'êtes pas très frais non plus ! *(Clayton se regarde dans le miroir)* Enfin, je ne sais pas comment vous êtes dans votre ordinaire, mais moi qui vous vois pour la première fois, je ne vous trouve pas bonne mine.

**CLAYTON** C'est elle qui vous envoie ?

**FLAMEL** Elle ?

**CLAYTON** Ne faites pas l'idiot.

**FLAMEL** Je vous le répète : ne vous laissez pas impressionner par mon nom ; les sciences occultes ne m'intéressent pas.

**CLAYTON** Et mon poing dans la figure ?

*Flamel accuse le coup, exactement comme s'il venait de le recevoir.*

FLAMEL *(Choqué et digne)* Restez courtois, Monsieur. *(Temps)* Je pensais très sincèrement vous rendre service en constatant que vous n'aviez pas bonne mine.

CLAYTON Qu'est-ce que cela peut vous faire ?

FLAMEL À moi, rien. Mais à vous sûrement. *(Temps)* Moi, je n'ai rien bu.

*Temps, pendant lequel Clayton toujours irrité se lisse les cheveux et se recompose un visage.*

CLAYTON *(Maussade)* Servez-vous !

FLAMEL Merci bien ! Oh, non, merci beaucoup.

CLAYTON Vous avez tort, il est très bon.

FLAMEL Cela reste à prouver.

CLAYTON À prouver ?

FLAMEL Vu la mine que vous avez.

CLAYTON Gardez vos réflexions pour vous, mon vieux !

FLAMEL Cela aussi reste à prouver.

CLAYTON Quoi ?

FLAMEL Que je sois plus vieux que vous. Même si les apparences sont contre moi.

CLAYTON *(Revenant vers Mezzaferti)* Mais qu'est-ce qu'il a à dormir ainsi celui-là !

*Il a un geste vers lui, que Flamel intercepte avec une vivacité inattendue.*

FLAMEL Laissez-le, « mon vieux » ! *(Temps. Il examine Clayton de près)* Oui, je crois, sincèrement, que vous êtes plus vieux que moi. *(Il le lâche)* Mais je vous accorde que cela se voit moins. *(Il s'éloigne)* Plaire, c'est tromper.

CLAYTON  Ou séduire !

FLAMEL  C'est pareil.

CLAYTON  Ou se montrer tout simplement homme du monde.

FLAMEL  Du monde que l'on veut tromper. *(Il examine un à un les objets qui lui tombent sous la main)* D'ailleurs, on ne va dans le monde que pour le tromper. *(Temps)* Sinon, autant rester dans ses pantoufles chez soi.

CLAYTON  Où vous avez laissé les vôtres, apparemment !

FLAMEL  *(Se retournant vers Clayton)* Je vous demande pardon ?

CLAYTON  Vos pantoufles... ou ce qui vous en tient lieu !

FLAMEL  *(Comprenant)* Ah, mes bottines ? Elles sont avec mon manteau et mon chapeau, dans l'escalier.

CLAYTON  L'escalier ?

FLAMEL  Du cabinet de toilette. Là. *(Clayton s'y précipite)* Faites attention de ne pas marcher dessus.

*Clayton est sorti. Flamel vient vers la table, remplit un verre d'eau et le verse sur la tête de Mezzaferti. Celui-ci réagit violemment.*

MEZZAFERTI  Nom de Dieu... *(Flamel recule et se tient derrière Mezzaferti debout, prêt à affronter l'invisible agresseur. Il fonce droit devant lui, et, arrivé à l'avant-scène, il recouvre peu à peu ses esprits)* Clayton ? Clayton... *(Il a une sale tête ; il consulte sa montre ; va vers la fenêtre, tente de l'ouvrir. Idem avec la porte du fond, et c'est en revenant vers la table qu'il aperçoit Flamel)* Clayton ?...

FLAMEL  Il s'est absenté quelques instants. *(Temps)* C'est ce qu'on dit dans le monde. Il est aux toilettes, si vous préférez.

*Mezzaferti a du mal à comprendre. Clayton revient, dans tous ses états, il aperçoit Mezzaferti debout et fonce sur lui.*

CLAYTON  La porte est ouverte, Mezzaferti. On peut passer. Il y a une fenêtre...

**FLAMEL** *(Interrompant)* Un œil de bœuf, il n'y passera jamais.

**CLAYTON** ... En montant sur la lunette, on peut s'enfuir par là... Le mur à sauter n'est pas haut...

**FLAMEL** *(Pour lui)* J'ai laissé l'échelle...

**CLAYTON** Il y a même une échelle... Il faut y aller, Mezzaferti. Vous m'entendez ?

*Mezzaferti ne bouge pas, mais suit des yeux Flamel qui est allé placidement chercher ses bottines dans l'escalier, et, assis sur le canapé, les remet tout aussi tranquillement.*

**MEZZAFERTI** Qu'est-ce que c'est que celui-là ?

**CLAYTON** *(Vite et bas)* Impossible d'en tirer quelque chose.

**MEZZAFERTI** Que m'est-il arrivé, Clayton ?

**CLAYTON** Vous avez trop bu et vous vous êtes endormi.

**MEZZAFERTI** Mais Astrid... Je l'ai entendue... Sa voix, je ne l'ai pas rêvée... Puccini.. Suor Angelica... « Sensa Mama... » ... elle était là, dans cette pièce...

**CLAYTON** Plus tard, Mezzaferti. Tirons-nous d'ici d'abord.

**MEZZAFERTI** Je n'ai pas pu m'endormir en écoutant sa voix, c'est impossible...

**CLAYTON** Nous sommes ses prisonniers, Mezzaferti, il n'y a pas d'autre issue.

**MEZZAFERTI** Du calme, Clayton !

**CLAYTON** *(S'énervant)* Ce n'est plus une farce, j'en suis sûr maintenant, c'est un traquenard.

**MEZZAFERTI** *(Suivant son idée)* La porte, au bout du couloir, qui l'a ouverte ?

**FLAMEL** *(Très simplement)* Moi.

**Mezzaferti** *(Allant vers lui)* Comment ?

**Flamel** *(Idem)* En tournant la clé. Et en poussant le verrou intérieur.

**Mezzaferti** Vous êtes de connivence avec eux ?

**Flamel** Eux ?

**Clayton** Je vous l'ai dit, Mezzaferti, il n'y a rien à en tirer.

**Mezzaferti** *(S'approchant de Flamel)* C'est de l'argent. Beaucoup d'argent que je lui apporte. Beaucoup. *(Flamel veut protester, il poursuit)* C'est faux qu'elle n'ait besoin de rien... Elle a toujours eu besoin de moi, et j'ai toujours su être là quand il fallait. Allez le lui dire. *(Flamel regarde Clayton avec un geste d'impuissance ; Mezzaferti renchérit de plus belle)* Vingt pour cent sur tous les bénéfices, si vous enlevez l'affaire. Qu'elle me reçoive ou non m'importe peu, pourvu qu'elle signe. Qu'elle signe ceci. *(Il sort le papier de sa poche)* Ceci. Là, et vous remette ce que je lui demande. En échange de quoi, elle n'aura plus jamais rien à craindre de moi. Vous entendez ?

**Flamel** J'entends. Oui, cela, pour entendre, j'entends. Mais je dois avouer que je n'y comprends rien. Rien du tout.

*Il va pour se lever, Mezzaferti l'arrête et se met quasiment à ses genoux.*

**Mezzaferti** Alors, conduisez-moi à elle. Attachez-moi les mains, bandez-moi les yeux, tout ce que vous voudrez, mais il faut que je lui parle.

**Flamel** *(À Clayton)* Je vous l'avais bien dit qu'il aurait une sale mine quand il se réveillerait.

**Mezzaferti** *(Obligeant Flamel à le regarder)* Une avance ?

**Flamel** Non, merci bien. L'avance, je l'ai déjà.

**Mezzaferti** *(Regardant Clayton)* Comment ça ?

**Flamel** L'avance sur vous.

*Sur cette dernière réplique Flamel, en se dégageant de Mezzaferti, s'est levé ; ne restent plus sur le divan que son veston et son chapeau, avec, dedans, la serviette roulée en boule.*

MEZZAFERTI *(Désignant le chapeau)* C'est là ?

FLAMEL *(Se retournant)* Je vous demande pardon ?

MEZZAFERTI  Ne faites pas l'idiot. Qu'est-ce qu'il y a dans ce chapeau ?

FLAMEL *(Vexé, reprenant son chapeau)* Ordinairement ma tête, Monsieur. Et je n'aime pas beaucoup qu'on se la paie.

CLAYTON *(Piétinant)* On s'en fout, Mezzaferti, on se tire.

MEZZAFERTI  Pas sans mon contrat. *(À Flamel)* Je veux qu'elle sache pourquoi je suis venu ; pourquoi je ne repartirai pas sans qu'elle m'ait entendu. *(Hurlé)* Je veux qu'elle m'entende.

FLAMEL *(Très calme)* Mais, elle vous entend. Pas la peine de hurler. *(Temps. Mezzaferti se verse un grand verre d'eau qu'il s'apprête à boire. Impératif)* Ne buvez pas. *(Mezzaferti s'arrête)* Ne buvez pas. Je ne suis pas sûr que cette eau soit potable. *(Mezzaferti vide le verre et le remplit de vin ; même jeu)* Ni ce vin.

*On entend à nouveau, de très loin, les dogues aboyer.*

MEZZAFERTI  Vous voulez dire ?...

FLAMEL  Que l'une et l'autre pourraient bien contenir du poison.

MEZZAFERTI  Du poison ?

FLAMEL  Inodore. Incolore. Indolore, peut-être, ce qui est rare pour un poison, mais poison tout de même. Lent, certainement. Sûr, à coup sûr.

*Mezzaferti a lâché le verre.*

CLAYTON  Il vous fait marcher, Mezzaferti ! Il est de leur côté. Ils l'ont placé là pour nous faire peur. C'est un épouvantail, rien d'autre.

FLAMEL  Puissent les oiseaux qui mangent les cerises de mon verger vous entendre, Monsieur ! Je ne sais plus quoi inventer pour les chasser.

**Clayton** Il déraille, Mezzaferti ! Vous voyez bien qu'il déraille. *(Perdant son sang-froid)* Moi aussi je suis venu pour lui demander quelque chose à Astrid, mais ça ne compte plus. Vous le voyez bien, nous allons crever ici comme des rats...

**Mezzaferti** La ferme, Clayton ! Je reste ! Foutez-le camp, si vous voulez, sinon bouclez-là !

**Clayton** *(Décomposé)* C'est notre mort qu'elle veut.

**Mezzaferti** Et alors ? Elle veut notre mort, et après ? Est-ce que vous n'avez jamais voulu la sienne ? *(Clayton a un mouvement de recul)* Ne faites pas l'outragé ! Comme si aimer ce n'était pas aussi donner la mort, sans quoi ce serait trop simple, trop facile. Est-ce que vous croyez que toutes vos belles phrases sans suite, ne l'ont pas fait mourir à petit feu, elles aussi ? Regardez-vous trembler, Clayton, du crime que vous avez commis ! Du crime parfait que nous avons commis ensemble, et que nous allons peut-être expier ensemble. Réjouissons-nous, Clayton, quelle mort glorieuse ! Mourir par sa volonté ! Mourir de sa main ! Pour un petit écrivassier de troisième zone, n'est-ce pas mieux que de rentrer dans l'ombre miteuse de sa petite province...

**Clayton** *(Effrayé)* Taisez-vous, si elle nous entendait...

**Flamel** *(Catégorique)* Mais elle vous entend, Messieurs ! Elle vous entend ! C'est ce que je me tue, si l'expression n'était fort mal venue, c'est ce que je m'échine à vous faire comprendre. *(Les deux hommes regardent Flamel, incrédules, et ne le quitteront plus jusqu'à la fin de la scène)* Elle vous entend. Il y a des micros partout. *(Il désigne les vases avec les bouquets)* Une floraison de micros, on ne peut mieux dire. Sans parler des chandeliers. Du lustre. Ah, pour vous entendre, c'est sûr, elle vous a entendu !

*Un grand silence tombe sur la scène. Sur ce silence, monte comme précédemment la vocalise de « L'Air de la Folie » de Lucia de Lammermoor. Les trois hommes écoutent et n'entendent, ni ne voient entrer Éric par la porte du fond ; un revolver à la main.*

**Éric** *(Annonçant)* Madame arrive tout de suite, Messieurs. *(Les trois hommes se retournent)* Mais auparavant, elle souhaiterait dire deux mots à Monsieur. *(Éric désigne Flamel)* Si vous voulez bien me suivre.

**Flamel**  Moi ?

**Éric**  Oui, vous.

**Flamel**  Alors, ce revolver est bien inutile. Vous pouvez le ranger.

**Éric**  Madame seule en décidera.

*Flamel prend, au passage, sur le canapé, son imperméable et son chapeau — qu'il tire cérémonieusement aux deux autres.*

**Flamel**  Messieurs !

*Il sort, suivi d'Éric, laissant les deux autres sans voix, tandis que l'air de Lucia se termine, en s'amplifiant, jusqu'aux applaudissements (d'un public en délire) sur lesquels se termine l'acte 1.*

# Acte 2
## Scène 1

*Une pièce dans le château. Mitoyenne à celle que l'on vient de quitter, elle est, au sens propre, l'envers du décor. Aux fenêtres, des vitres sans tain ont remplacé les miroirs, et permettent ainsi de suivre ce qui se passe au salon. Au fond, une large console d'enregistrement, avec plateaux, haut-parleurs, repaires lumineux, contraste avec la vétusté de ce qui l'entoure : l'ensemble donnant l'impression d'une loge de théâtre en désordre. Sur l'estrade, une sorte d'alcôve, entourée de draperies tombant des murs, où l'on distingue une coiffeuse, un pouf, un divan, une psyché, une table avec verres et carafe, à proximité d'un fauteuil roulant où Elle est assise de dos. Du salon, on entend, par les micros, les déplacements de Mezzaferti, Clayton et Flamel, tels qu'ils se sont déroulés à la fin de l'acte I — mais leurs répliques nous parviennent moins distinctement.*

**FLAMEL** *(Off)* ... Elle vous entend. Il y a des micros partout. *(On l'entend déplacer un vase)* Une floraison de micros, on ne peut mieux dire. Sans parler des chandeliers, du lustre.

**ÉRIC** *(S'adressant à elle)* Il a tout découvert. Qu'est-ce qu'on fait ?

**ELLE** *(Voix naturelle)* Va le chercher.

*Sur la fin de la réplique de Flamel, Éric envoie, de la console, la dernière vocalise de* Lucia.

**ÉRIC** Et s'il refuse de venir ?

**Elle**  Il ne refusera pas.

**Éric**  Et si les autres veulent le suivre ?

**Elle**  Tu as de quoi les dissuader. *(Éric shunte l'air de* Lucia *en cabine et le monte au salon)* Laisse-moi l'écoute du salon.

*Éric monte le son, prend son revolver et sort, refermant derrière-lui une lourde porte en fer. Sur la « cabaletta » qui suit « L'Air de la Folie », on entend Éric faire son entrée au salon (telle qu'on l'a entendue précédemment, mais brouillée par divers bruits).*

**Voix d'Éric**  Madame arrive tout de suite, Messieurs. Mais auparavant, elle souhaiterait dire deux mots à Monsieur. Si vous voulez bien me suivre.

**Flamel**  *(Off)* Moi ?

**Éric**  *(Off)* Oui, vous.

**Flamel**  *(Off)* Alors, ce revolver est bien inutile. Vous pouvez le ranger.

**Éric**  *(Off)* Madame seule en décidera.

*On l'entend ramasser ses affaires et sortir avec Éric. La porte en fer se referme derrière eux, tandis que le dialogue entre Mezzaferti et Clayton se poursuit.*

**Clayton**  Il fallait foncer !

**Mezzaferti**  Foncer sur quoi ?

**Clayton**  Sur la porte. Il n'aurait pas tiré.

**Mezzaferti**  Il aurait tiré. Sur ordre d'Astrid.

**Clayton**  Je croyais que cela vous était égal de mourir.

**Mezzaferti**  Après vous, si vous voulez bien.

**Clayton**  Le ridicule vous aura tué avant !

**Mezzaferti**  Sur ce plan-là, vous me battez largement, Clayton !

*Sur ces dernières répliques, Éric et Flamel font leur entrée dans la loge. Éric retourne à la console où il shunte les voix du salon.*

**ELLE** Entrez, Monsieur Flamel, n'ayez pas peur.

**FLAMEL** C'est qu'on n'y voit rien.

**ELLE** On y voit moins, mais vous vous y ferez. *(À Éric)* Éric, vous pouvez les faire taire.

*On perdra donc, tout ensemble, et les voix de Clayton et Mezzaferti ainsi que la « cabaletta » de* Lucia. *Le fauteuil roulant se tourne. Elle est voilée, vêtue d'une longue robe blanche.*

**FLAMEL** *(S'avançant)* Ah ! Les fausses fenêtres, cela m'avait échappé... Les micros, je les ai repérés tout de suite.. mais les miroirs sans tain de l'autre côté, j'aurais dû y penser ! Two-way mirror... comme on dit très justement en anglais.

**ELLE** Asseyez-vous, Monsieur Flamel, nous serons mieux pour parler.

**FLAMEL** *(Reprenant son naturel)* Parler à quelqu'un dont je ne vois ni le visage, ni les yeux, est contraire à tous mes principes, Madame.

**ELLE** Approchez-vous, la lumière me fait mal.

**FLAMEL** Elle est si faible.

**ELLE** Moi aussi. Et je ne puis quitter ce fauteuil, comme vous savez.

**FLAMEL** *(S'approchant)* Cette robe... je la connais, c'est celle de *Lucia de Lammermoor*...

**ELLE** *(L'interrompant sèchement)* Et moi, je ne vous connais pas, Monsieur ! Je ne vous ai jamais vu. Puis-je vous demander ce que vous faites ici ?

**FLAMEL** *(S'asseyant)* Du tourisme, Madame.

**ELLE** Vous avez beaucoup d'esprit, Monsieur Flamel. J'ai eu, à diverses reprises, l'occasion de l'apprécier.

**Flamel** Vraiment ? *(Comprenant)* Ah, les micros... bien sûr ! Alors, vous savez tout.

**Elle** Je ne sais que ce que j'ai entendu. Qui ne répond toujours pas à ma question : qu'êtes-vous venu faire ici, chez moi ?

**Flamel** *(Ambigu)* Chercher quelque chose, Madame.

**Elle** Quelque chose qui se trouve dans ce château ?

**Flamel** Oui, je le crois.

**Elle** *(Après un temps)* Vous l'avez trouvé ?

**Flamel** C'est trop tôt pour le dire.

**Elle** Et trop tard pour le chercher davantage. *(Temps)* Il faut que ce soit une chose bien précieuse pour avoir pris le risque de vous introduire ainsi comme un voleur, sans y être invité.

**Flamel** Je ne l'étais pas, c'est vrai. Aussi, je puis vous assurer que je n'ai rien mangé.

**Elle** Les chiens... mes chiens, dehors, auraient dû vous inquiéter.

**Flamel** Les chiens m'aiment beaucoup ! Et là, je dois dire qu'ils n'ont fait qu'une bouchée de mon casse-croûte. *(Temps)* On achète les silences qu'on peut. *(Temps)* Après, il m'a bien manqué. C'est pourquoi vous m'aurez certainement vu voler... puisque vous voyez tout, voler, de façon fort peu ragoûtante, j'en conviens, cette aile de poularde et la mettre dans mon chapeau. Elle y est toujours d'ailleurs, je n'y ai pas touché. Je puis aussi bien vous la rendre, si vous y tenez...

**Elle** *(L'interrompant)* Vous m'avez connue, autrefois, Monsieur Flamel ?

**Flamel** *(Cherchant à gagner du temps)* Autrefois ?

**Elle** Quand je chantais.

**Flamel** Oui. Enfin, connaître est un bien grand mot.

**Elle**  Alors trouvez-en un autre et finissons-en ! J'ai là deux invités qui m'attendent ; il ne serait pas bon de les laisser davantage ensemble. Vous l'aurez remarqué, ils ne s'aiment guère.

**Flamel**  Ils se le disent trop pour que ce soit dangereux.

**Elle**  Que pensez-vous d'eux, Monsieur Flamel ?

**Flamel**  Je ne les connais pas, donc je n'en pense rien. Sinon qu'ils se ressemblent.

**Elle**  *(Amusée)* Pas vraiment.

**Flamel**  Si, vraiment. Justement. Tous deux, ils se sont servis d'Elle.

**Elle**  D'elle ?

**Flamel**  D'Astrid.

**Elle**  De moi ?

**Flamel**  Pour exister. Sans elle, ils ne seraient rien.

**Elle**  Et que sont-ils, à votre avis ?

**Flamel**  Des gens très ordinaires. Et très vils. Comme la plupart de ceux qui l'entouraient.

**Elle**  *(Après un temps)* Vous avez cru sincèrement que je voulais les empoisonner ?

**Flamel**  *(Sans hésiter)* Oui.

**Elle**  Pourquoi ?

**Flamel**  Une intuition.

**Elle**  Qui vous a trompé. Regardez-les : ils sont bien vivants.

**Flamel**  Il y a des poisons lents...

**Elle**  ... lents, mais sûrs. Je vous ai entendu le leur dire.

FLAMEL  Ah, c'est vrai... j'oubliais...

ELLE  Non, Monsieur Flamel. Ni les plats, ni les vins n'étaient empoisonnés.

FLAMEL  Pas même l'eau ?

ELLE  Pas même l'eau.

FLAMEL  Si j'avais su !

ELLE  Vous les auriez prévenus ?

FLAMEL  Non, sûrement pas. *(Temps)* Mais je l'aurais mangée !

ELLE  Quoi ?

FLAMEL  L'aile de poularde. Au lieu de rester là, à crever de faim dans les toilettes, et à lui tourner autour. *(Temps)* Vous permettez ? *(De sa serviette, roulée dans son chapeau, Flamel sort la cuisse de poularde, l'examine et s'apprête à la manger)* Pas même les morilles ?

ELLE  Pas même les morilles.

FLAMEL  Et puis, non. Froide pour froide, je puis aussi bien la manger à la gare, en attendant mon train... *(Il remet le tout en place)* J'emporte la serviette, si vous permettez. *(Il se lève)* Voilà. Ce sera pour plus tard. En revanche, j'aurais bien bu un grand verre d'eau avant de partir. Au salon, je n'ai pas osé. *(Elle fait signe à Éric qui se dirige vers la table et lui verse à boire. Il tend le verre à Flamel : il le prend et y porte les lèvres. Il se ravise, et lève son verre)* Je lève mon verre à Astrid Milray. *(Temps : la femme du fauteuil répond d'un mouvement de tête)* Je bois à sa mémoire. Je bois à tout ce qui vit encore aujourd'hui autour d'elle, les arbres de ce parc, la rivière. Je bois à tout ce qu'elle aimait et qu'elle a quitté. *(Temps)* Me ferez-vous l'honneur de boire avec moi ?

*Flamel s'approche du fauteuil.*

ELLE  N'approchez pas !

FLAMEL  Que craignez-vous ? Que je ne vous reconnaisse sous votre voile. *(Temps)* Je n'ai approché Astrid Milray qu'une seule fois. Un soir. Une nuit d'automne comme celle-ci. J'étais de garde au théâtre. Pompier, pompier de service. Flamel, je m'appelle Flamel comme vous savez, un nom prédestiné. Je pouvais rentrer chez moi après la représentation, mais je ne l'ai pas fait. Il y avait toujours de la lumière dans sa loge, et je savais que, comme tous les soirs, elle attendait qu'un homme vienne l'y rejoindre. Et je savais aussi, parce que ce n'était un secret pour personne, qu'il ne venait jamais. Et ce n'était pas faute de faire le vide autour d'elle pour mieux l'attendre ; elle renvoyait tout le monde, son habilleuse, sa secrétaire, ses managers. *(Temps)* Mezzaferti compris. *(Temps)* Elle les renvoyait et attendait. Qui ? C'est la question que tous se posaient. Curiosité malsaine de ces cafards qui envahissent les coulisses pour y salir un peu de la beauté qu'ils ont vu se déployer sous leurs yeux. Ces cafards se reconnaissent entre eux. Ils portent tous des noms... Clayton, Buryal, Prentiss... *(Aux noms de Buryal et Prentiss, Éric et Elle se sont regardés)* des habits souvent fort beaux, des fleurs à la main, des compliments à la bouche, et elle, Astrid, ne pouvait mettre le pied dessus, les écraser, sans se salir elle aussi. C'est pour cela, j'imagine, qu'elle est partie. Qu'elle a quitté la scène, le monde, qu'elle s'est enfuie... Enfouie, plutôt, enfouie sous terre, très profond, pour qu'aucun de ces nécrophages ne vienne la déterrer.

*Flamel vide son verre d'un trait.*

**ELLE** Et vous, Monsieur Flamel, vous n'étiez pas de ceux-là ?

**FLAMEL** De ceux-là ?

**ELLE** De ceux qui se sont servis d'elle.

**FLAMEL** Non, Madame. N'ayant jamais cherché à m'élever, je n'ai pas eu non plus à m'abaisser. Et comme la seule échelle où j'aie jamais rêvé de monter, était celle des pompiers... dans les graduations sociales, cela ne va pas chercher bien haut.

**ELLE** Finissez votre histoire, Monsieur Flamel.

**FLAMEL** Je n'en ai plus le cœur, Madame. Il est bien tard, et vos deux invités, eux aussi, s'impatientent.

**ELLE** Vous les aviez déjà rencontrés avant ce soir ?

**FLAMEL** Non, je croyais vous l'avoir dit.

**Elle** Et Prentiss ?

**Flamel** Prentiss ?

**Elle** Vous l'avez nommé, il y a un instant.

**Flamel** Prentiss non plus.

**Elle** Que savez-vous de lui ?

**Flamel** Qu'il est mort. Mort mystérieusement, voici bientôt deux ans.

**Elle** Et encore ?

**Flamel** Qu'il avait aimé Astrid autrefois. Aimé et sali. *(Temps)* Comme tant d'autres qui, sans doute, ont subi... ou subiront le même sort.

*Temps. Elle s'avance, dans son fauteuil roulant jusqu'au milieu de la scène.*

**Elle** Est-ce que cela vous amuserait, Monsieur Flamel, de connaître celui que je réserve à ces deux-ci ? *(Flamel la regarde)* Ainsi, vous ne vous serez pas dérangé pour rien.

**Flamel** S'il ne s'agit que de connaître, et non de partager *(Il souligne le mot)* leur sort, pourquoi pas ?

*Éric, inquiet s'est approché d'Elle.*

**Éric** C'est aller trop loin, Madame.

**Elle** J'en prends le risque. *(À Flamel)* Installez-vous derrière cette coiffeuse, Monsieur Flamel ! Je n'ai malheureusement à vous offrir qu'une place sans visibilité, comme on dit au théâtre.

**Flamel** J'ai l'habitude, Madame. Quand j'étais de service en coulisses j'entendais tout et je ne voyais rien. Cela ne m'empêchait pas de comprendre. Ni d'apprécier.

*Flamel prend ses affaires et se dirige vers la coiffeuse où il prend place, derrière le miroir, en arrangeant les tentures autour de lui.*

**Elle** Êtes-vous prêt, Monsieur Flamel ?

**FLAMEL**  Quelques petits aménagements... Voilà !

**ELLE**  Éric, faites entrer Monsieur Clayton.

*Éric sort. Elle remonte légèrement vers le fond, arrange sa voilette et réajuste son tour de cou. Flamel toussote derrière la coiffeuse.*

**ELLE**  Silence, Monsieur Flamel !

**FLAMEL**  *(Chuchoté)* Que voulez-vous, c'est le trac !

*Du couloir, on entend les voix d'Éric et de Mezzaferti s'affrontant, puis ce dernier fait irruption dans la pièce, écumant, les cheveux et l'habit en bataille ; Éric le suit, revolver en main, et va droit se placer devant Elle, tenant Mezzaferti sous son feu.*

**ÉRIC**  Clayton s'est enfui, Madame, et je n'ai pu retenir celui-ci.

**MEZZAFERTI**  Il a filé comme un rat, votre bellâtre...

**ÉRIC**  N'approchez pas.

**MEZZAFERTI**  Mais de moi, Astrid, vous n'avez rien à craindre. Vous pouvez renvoyer votre garde du corps *(Éric ne bouge pas)* Vous m'entendez ?

**ÉRIC**  Madame vous entend Monsieur, mais je suis chargé de répondre à sa place.

**MEZZAFERTI**  Cette comédie a assez duré, ne trouvez-vous pas ? Je m'y suis prêté jusqu'au bout, maintenant cela suffit. Laissez-nous.

*Éric feint de s'éloigner. Elle pose sa main sur son bras et le retient.*

**ÉRIC**  Vous voyez bien que Madame ne le veut pas.

**MEZZAFERTI**  Très bien. Elle changera d'avis, quand nous mettrons la conversation sur un certain sujet. *(Mezzaferti s'approche de la table, regarde d'un peu plus près ce qui l'entoure, tournant le dos à la console et aux trois fenêtres du fond)* Alors, c'est ici que vous vous terrez ? Que vous dînez seule avec votre valet, en laissant vos invités moisir au salon ? *(Temps)* Ma parole, nous jouons *Un bal masqué*... ou *La Muette de Portici*... à moins que ce ne soit *Falstaff*... ou *La Dame de* *pique* ! À bureaux fermés, si je comprends bien. Et pour moi seul... c'est trop d'honneur ! *(Il commence à remonter vers le fond)* Où est passé votre bouffon en chaussettes ? *(Il aperçoit la console et les fenêtres dont il s'approche)* Micros cachés ! Vitres sans tain, poisons peut-être bien, quelle mise en scène ! Je ne vous félicite pas, Astrid, d'avoir utilisé mes méthodes, en les surpassant, je dois le reconnaître. *(Temps)* Techniquement parlant ! Est-ce là votre seul divertissement ? *(Temps)* Cet opéra sans grandeur où vous jouez les impotentes aphasiques, en prenant au piège de leur vieille passion vos amants d'autrefois ? *(Temps)* De mon temps, Astrid, et je m'en flatte, vous aviez mieux à faire que de prendre des revanches, fût-ce sur un être aussi vil que moi. *(Il revient vers le milieu de la scène)* Vous avez quelques circonstances atténuantes, je vous l'accorde ; la solitude est mauvaise conseillère, même celle qu'on s'est choisie... *(Il s'assoit dans un fauteuil)* Je veux bien croire que votre état, votre état d'infirme y est également pour quelque chose... *(Il sort un cigare de sa poche)* Vous permettez ? *(Il l'allume et s'assoit face au public)* Je suis néanmoins heureux de vous revoir, Astrid. Et même de vous revoir ainsi... J'ai toujours aimé que vous ayez des secrets, parce que j'appréciais entre tous, l'art avec lequel vous les défendiez contre moi. J'aimais vous laisser croire que vous pouviez m'abuser sans crainte ; j'aimais la confiance que vous feigniez de m'accorder — je l'aimais d'autant plus que j'avais en mon pouvoir tous les moyens de la tromper. Ce que j'ai fait, au risque de me rendre haïssable. Je n'avais rien à perdre, vous ne m'aimiez pas. Alors, peu m'importait que la haine réussisse là où l'amour avait échoué, pourvu qu'elle vous attache à moi pour toujours. *(Temps)* Elle a réussi, on dirait, puisque c'est elle encore qui vous pousse aujourd'hui à tout ceci. *(Temps)* « Toi seul as compté... et comptes encore... » c'est par ces mots que vous m'avez attiré jusqu'ici ?

**ÉRIC** *(Après un temps)* Compté doit être pris au pied de la lettre. Madame voulait dire que vous avez toujours « compté » avec elle, et sur elle. En comptable qui connaît les chiffres.

**MEZZAFERTI** Très drôle ! Alors, poussons la plaisanterie jusqu'au bout : pourquoi m'a-t-elle fait venir ?

*Temps.*

**ELLE** *(Voix micro)* Pourquoi êtes-vous venu ?

**Mezzaferti** *(Troublé)* Astrid... votre voix...

**Elle** Elle aussi s'est voilée... Répondez : pourquoi êtes-vous venu ?

**Mezzaferti** *(Idem)* Parce que... vous revoir, Astrid...

**Elle** Avec une petite idée marchande derrière la tête ?

**Mezzaferti** *(Approuvant)* Marchande et miraculeuse !

**Elle** Votre slogan n'a pas changé.

**Mezzaferti** Miraculeuse comme tout ce qui se rapporte à vous.

**Elle** Et qui vous rapporte, à vous. Vos mots sont décidément toujours malheureux, Mezzaferti.

**Mezzaferti** Parce que je suis toujours malheureux, Astrid.

**Elle** Le malheur vous a réussi.

**Mezzaferti** C'est un point de vue.

**Elle** Le malheur des autres, j'entendais.

**Mezzaferti** Nous avons ceci en commun, Astrid : le malheur des autres nous a toujours été indifférent. Nous sommes quittes. À ceci près que le vôtre me touchait quelquefois.

**Elle** Quand il était votre œuvre. Ce qui était une autre façon d'en jouir.

**Mezzaferti** *(Bas)* Si vous m'aviez aimé...

**Elle** Si j'avais aimé la cage, et le caissier, et le geôlier qui m'enfermait avec eux.

**Mezzaferti** Pour vous protéger.

**Elle** Pour empêcher les autres de m'approcher.

**Mezzaferti** Ils vous abîmaient.

**Elle** Qu'en savez-vous ?

**Mezzaferti**  Ils prenaient à la femme ce qui faisait la grandeur de la Diva...

**Elle**  Et votre fortune. Tous les hommes qui m'ont aimée, vous les avez détournés de moi.

**Mezzaferti**  L'aurais-je pu, s'ils n'avaient été aussi prompts à me croire qu'à encaisser le chèque que je leur offrais pour qu'ils vous quittent, et qu'ils le fassent aussi proprement que possible ?

**Elle**  Proprement ?

**Mezzaferti**  Oui, proprement. Pour éviter le désagrément de découvrir par vous-même qu'ils n'étaient là que par intérêt.

**Elle**  Tout comme vous.

**Mezzaferti**  À la seule différence, que je vous aimais. *(Temps)* Et que je n'étais pas payé en retour.

**Elle**  Sauf en commissions.

**Mezzaferti**  *(Hors de lui)* Sauf en commissions, soit ! Mais cet argent-là, je ne courais pas le dépenser avec d'autres femmes en vous ridiculisant auprès d'elles et en me vantant de vous avoir eue entre deux loges, entre deux actes... *(Il s'est levé, agité, confus)* Je vous demande pardon.

*Temps.*

**Elle**  *(Voix blanche)* Tous ?

**Mezzaferti**  Presque tous.

**Elle**  Prentiss ? Buryal. Clayton ?...

**Mezzaferti**  *(Vite)* Je ne m'en souviens plus... Je ne pensais alors qu'à vous protéger, à vous défendre contre vous-même, contre la folie qui vous poussait vers ces hommes ordinaires, en faisant de la plus grande voix du siècle une petite gourde provinciale qui voit des princes charmants partout.

**Elle**  *(Après un temps)* Et Deluso ?

**Mezzaferti**  Deluso ? Quoi, Deluso ?

**Elle** Deluso, vous n'avez pas pu l'acheter.

**Mezzaferti** Exact. On n'achète pas un mort.

**Elle** Il ne l'était pas quand j'ai choisi d'aller le rejoindre.

**Mezzaferti** Exact. On n'achète pas le vent.

**Elle** On le suit. C'est ce que j'ai fait.

**Mezzaferti** Et où cela vous a-t-il conduit ?

**Elle** À disparaître, Mezzaferti ! À vous échapper. À me retrouver libre d'aimer. Libre de vous, mais surtout libre d'aller le rejoindre, lui.

**Mezzaferti** *(Accuse le coup)* Faux !

**Elle** Vrai.

**Mezzaferti** Faux ! Deluso était mort depuis longtemps.

**Elle** Mort au monde que nous avions décidé ensemble de quitter.

**Mezzaferti** Toute la presse a parlé du suicide de Deluso.

**Elle** La presse qui diffuse les dépêches sans les vérifier.

**Mezzaferti** Pendant l'enquête, j'étais près de vous, à Londres, pour les représentations d'*Anna Boleyna* à Covent Garden.

**Elle** Que j'ai bel et bien quitté le soir de la première...

**Mezzaferti** Ma chère Astrid, vous perdez la tête... Que cherchez-vous à me faire croire ? Tous les rapports de police...

**Elle** ... concluaient justement que Deluso s'était suicidé en mer, sans laisser d'autre trace qu'une lettre justifiant son geste. C'est pour lui, Mezzaferti, que j'ai tout quitté.

**Mezzaferti** Et qu'est-ce que cela vous a rapporté ?

**Elle** Au cours de l'amour, un maximum, pour parler comme vous. Je l'aimais et il m'aimait.

**Mezzaferti** La plus niaise des conjugaisons ; il vous aimait, et alors ? Sa manière valait moins que la mienne qui s'efforçait de sauver en vous la part la plus précieuse : votre voix.

**Elle** Elle ne m'était rien sans lui.

**Mezzaferti** Des mots. Des mots de théâtre.

**Elle** Des faits. Et je l'ai prouvé. L'enregistrement que vous avez entendu cette nuit, c'est ensemble que nous l'avons réalisé. Ici même, dans cette maison où il souhaitait que je puisse vivre et travailler libre, loin de vos fureurs marchandes... C'est ici Mezzaferti qu'il m'a aimée, pouvez-vous l'imaginer ?

**Mezzaferti** Et enfermée, oui. Et anéantie, oui. Ce qu'il reste aujourd'hui d'Astrid Milray, c'est ce qu'il nous a laissé. Beau cadeau !

**Elle** Je ne vous ai jamais vu souffrir, Mezzaferti. Et je n'espérais pas le voir un jour.

**Mezzaferti** *(Se verse à boire)* Je bois aux grandes années de votre vie de cantatrice que j'ai sauvée du néant de l'amour...

**Elle** Je vous ai trompé, Mezzaferti.

**Mezzaferti** Est-ce que cela vous a rendue heureuse, au moins ? Est-ce que ce cher suicidé, en vous entraînant dans sa mort, a fait de vous une femme comblée, pour parler comme votre poltron de Clayton... Heureuse et comblée ! À vous voir aujourd'hui, on ne le croirait guère.

**Elle** C'est un spectacle que je rêvais de m'offrir, il y a vingt ans.

**Mezzaferti** Vous avez toujours fait des rêves de godiche. Les miens étaient d'un autre bois puisqu'ils travaillaient tous à votre gloire.

*Un long temps.*

**Elle** Seriez-vous prêt à continuer ?

**Mezzaferti** Votre jeu ne m'amuse plus, Astrid ! Je suis fatigué. *(Il se lève)* Je m'en vais.

ELLE  L'enregistrement que vous avez entendu cette nuit, je vous le donne. *(Éric est allé vers la console et, du plateau a retiré la bande, qu'il met dans une boîte et tend à Mezzaferti, qui la regarde et n'ose y croire)* Je vous le vends. Libre à vous de l'exploiter à votre guise. *(Temps. Mezzaferti la regarde)* N'était-ce pas là votre grande idée marchande ? Et miraculeuse ? *(Mezzaferti hésite, n'osant y croire)* N'aviez-vous pas en poche un contrat tout prêt ? Et l'argent ?

MEZZAFERTI  C'est sérieux ?

ELLE  Sérieux comme les affaires. *(Temps)* Sérieux comme la mort, dont je ne suis plus très loin. Acceptez-la comme mes dernières volontés.

MEZZAFERTI  *(Peu à peu repris par son sujet)* Qui parle de mourir ? Votre voix, Astrid, c'est la vie... C'est l'immortalité, j'en réponds ! Comme je réponds de tous ceux qui, aujourd'hui, traverseraient terre et mer pour l'entendre... Une signature au bas de ce contrat *(Il sort de sa poche)* et je mets en route la plus formidable opération du siècle. Un événement comme l'art lyrique n'en a pas connu depuis que vous vous êtes révélée à lui : Astrid Milray retrouvée !

ELLE  Mais je ne veux pas qu'on me retrouve.

MEZZAFERTI  Votre voix ! Je parle de votre voix seule !

ELLE  Elle est à vous.

*Éric remet la boîte entre les mains de Mezzaferti en échange du contrat.*

MEZZAFERTI  *(Troublé)* Vous ne pouvez pas savoir, Astrid, de la tenir ainsi, entre mes mains... Si vous saviez comme elle m'a manqué. C'est la première chose que j'ai reçue de vous... votre voix... celle qui contenait toutes les promesses d'espérance et d'amour... celle qui, au fond, ne m'a jamais trompée. *(Il regarde la boîte. Temps)* Que dois-je faire ?

ELLE  Voyez cela avec Éric qui a ma confiance, et ma signature. Après quoi, il se fera un plaisir de vous ramener à votre voiture. Si vous avez besoin de quoi que ce soit pour la route, n'hésitez pas. Bonne chance, Mezzaferti !

*Éric, d'un geste, enjoint à Mezzaferti de sortir.*

**MEZZAFERTI** *(Sans bouger)* Je suis payé de toutes mes peines, Astrid... Votre confiance, là, c'est le plus beau cadeau que vous m'ayez fait...

**ELLE** Parce que c'est le dernier. *(Temps. Mezzaferti ému, reste immobile, la boîte dans les mains)* Et le premier, Mezzaferti ? Mon premier cadeau, vous vous en souvenez ?

**MEZZAFERTI** *(Cherchant, embarrassé)* Vous m'en avez fait tant, Astrid ! *Amelia... Lucia... Violetta...*

**ELLE** Non, je parlais de moi. D'un cadeau que je vous ai fait, il y a fort longtemps... *(Temps)* À Barcelone, au Luceo... Vous ne voyez pas, Aldo ?

**MEZZAFERTI** Ah, mon nom, Astrid... dans votre bouche...

**ELLE** Comme la première fois où je l'ai prononcé cette nuit où vous m'avez prise, dans ma loge...

**MEZZAFERTI** *(S'exaltant)* Après votre triomphe dans *Lucia* ! Si je m'en souviens, Astrid... *(Sa voix s'étrangle, il renverse la tête, ferme les yeux)* Cette salle en délire... ces cris... et la foule à votre porte.

**ELLE** Saviez-vous que vous aviez été le premier ?

*Un temps.*

**MEZZAFERTI** *(Sincère)* Non. *(Temps)* Pourquoi ? Pourquoi avoir attendu vingt ans ?...

**ELLE** C'est le temps d'une revanche. C'est l'âge qu'aurait eu mon enfant, si vous n'aviez pas tout mis en œuvre pour que je le sacrifie.

**MEZZAFERTI** À votre carrière !

**ELLE** À vos plans, qui entendaient bien ne me partager avec personne — pas même avec lui. Sans parler du chantage, et ce soir encore...

**MEZZAFERTI** *(L'interrompant)* Dans la colère, le dépit, c'était ma seule arme d'intimidation. Mais Dieu m'est témoin, Astrid, que je ne m'en suis jamais servi. La preuve...

ELLE *(Rapidement)* N'ajoutez rien. Tout est dit. Tout est fini, Aldo.

MEZZAFERTI *(Avec un élan vers elle)* Je ne puis vous quitter ainsi... Vous laisser seule dans cette maison...

ELLE Pas seule. Il y a Éric... *(Éric s'est interposé entre Elle et Mezzaferti)* Mes chiens, le parc, les animaux qui y vivent libres et en paix, comme moi, sans chasseurs de peau ou d'autographes.

MEZZAFERTI Quand le disque sortira...

ELLE J'aurai disparu ! Et il ne faudra me chercher nulle part. C'est à cette condition expresse que je vous autorise à utiliser cette bande. Ce qui lui arrivera, à elle, à vous, dès que vous aurez franchi le seuil de cette porte ne m'intéresse pas. Je ne suis plus de ce monde, Aldo, ne l'oubliez pas. Mais oubliez-moi. *(Il ne bouge pas)* C'est un ordre !

MEZZAFERTI Tant de questions encore me brûlent la gorge...

ELLE *(Désignant la boîte entre ses mains)* Toutes les réponses sont là. *(Éric vient vers Mezzaferti, le prend par le bras et l'entraîne vers la sortie. À l'instant de franchir la porte, Mezzaferti se retourne)* Aujourd'hui, il aurait l'âge d'Éric !

*Mezzaferti ne peut s'empêcher de regarder Éric qui le pousse doucement mais fermement dehors. Ils sortent. Éric referme la porte derrière lui, et on les revoit, peu après, pénétrer au salon, s'asseoir, dos aux fenêtres, et manipuler des papiers avant de les signer. Puis, ils se lèveront et quitteront le salon. Sur la scène, tout est silencieux ; Elle, dans son fauteuil, laisse tomber sa tête sur l'appui-tête : le voile autour de sa bouche se soulève à son rythme respiratoire. Derrière la coiffeuse, un craquement ; le rideau s'entrouvre et Flamel apparaît.*

FLAMEL Je peux sortir ?

ELLE *(Ôtant son micro)* Je vous avais presque oublié, Monsieur Flamel.

FLAMEL Moi aussi, Madame, je crois bien que je m'étais oublié moi-même...

*Un temps.*

**Elle** Cela vous a plu ?

**Flamel** Plu ? Vous me demandez si ce que j'ai entendu m'a plu ?

**Elle** Oui. On est toujours meilleure quand on a un public, vous le savez.

**Flamel** *(Abasourdi)* Oui, je sais... Pour les incendies, c'est pareil. Éteindre le feu, en soi, est une chose. L'éteindre pour quelqu'un en est une autre.

**Elle** Pour sauver des vies ?

**Flamel** Des vies, oui. Des vies qui vous sautent au cou. Des vies qui vous fêtent après, qui vous écrivent pour vous dire leur reconnaissance, qui vous envoient des fleurs, des cadeaux...

**Elle** Comme au théâtre ! Et puis qui vous oublient...

**Flamel** Oui. Jusqu'au prochain incendie.

*Flamel fait quelques exercices discrets pour se dégourdir les jambes. Elle avance son fauteuil près de la table.*

**Elle** Vous devez avoir faim, Monsieur Flamel. Vous ne voulez toujours rien manger ?

**Flamel** Faim ? Non, plus vraiment. Qui écoute mange. En un sens. Mais soif, oui. Les mots, comme la fumée, donnent soif. Oui, j'ai grand soif.

*Flamel vient vers la table, s'assoit en face d'Elle, se verse à boire, et boit lentement mais d'un trait.*

**Elle** Vous avez peur ?

**Flamel** Peur ? Non. *(Temps)* Dans mon métier, la peur vient après. Quand on mesure les dégâts et l'ampleur du sinistre qu'on a dû affronter.

**Elle** Est-ce que votre opinion sur Mezzaferti a changé ?

**Flamel**  Un cafard écrasé reste un cafard. *(Il commence machinalement à grignoter ce qui se trouve dans des soucoupes sur la table)* Pourquoi l'avez-vous fait venir ?

**Elle**  Pour accomplir un vœu.

**Flamel**  Celui de le voir souffrir !

**Elle**  Accessoirement.

**Flamel**  Ou mourir.

**Elle**  À qui profiterait le crime ?

**Flamel**  À celui qui, précisément, n'a aucun intérêt à le commettre, hors celui de la vengeance. C'est votre cas *(Il grignote de plus belle)* Vous l'avez prouvé avec les autres.

**Elle**  Vous pensez que je les ai tués ?

**Flamel**  Tués ou fait tuer. *(Temps)* J'en ai l'intime conviction.

**Elle**  Alors, pourquoi venir vous jeter dans la gueule du loup ?

**Flamel**  Pour voir à quoi il ressemble.

**Elle**  Et alors ?

**Flamel**  *(Se léchant les doigts)* Pardonnez-moi... mais un loup... qui en porte un, si j'ose dire...

**Elle**  Comment êtes-vous arrivé jusqu'ici ?

**Flamel**  En suivant Clayton.

**Elle**  Vous habitez Warwick ?

**Flamel**  Non, Brighton. J'ai seulement loué une chambre à Warwick pour surveiller les allées et venues de Clayton...

**Elle**  Ses livres vous intéressent ?

**Flamel**  Pas le moins du monde. J'en ai lu un, histoire de m'instruire, tout en le filant, mais j'avoue qu'il m'est tombé des mains. C'est un mauvais.

**Elle**  Vous êtes détective ?

**Flamel**  À mes heures perdues. Comme je suis à la retraite, j'en ai beaucoup.

**Elle**  Pour le compte de qui ?

**Flamel**  Le mien. *(Temps)* Qui sert perd.

**Elle**  Perd ?

**Flamel**  Qui sert un maître n'est plus le sien. *(Flamel remonte vers le fond, s'approche de la console qu'il examine, en actionnant quelques boutons)* Éric, votre jeune majordome... très jeune pour un majordome... et remarquablement stylé... est bien long à revenir. *(Temps)* Le garage n'est pas si loin... autant qu'il m'en souvienne... C'est imprudent de vous laisser seule ainsi avec moi.

**Elle**  Je ne vous crois pas dangereux.

**Flamel**  Je sais tant de choses.

**Elle**  Prouvez-le !

**Flamel**  C'est ce que... en suivant Clayton jusqu'ici, j'espérais bien faire ! Mais, vous m'avez, si j'ose dire, brûlé la politesse, en le laissant filer.

**Elle**  Il s'est enfui, Éric nous l'a dit. *(Elle se dégante et tend à Flamel sa main baguée)* Regardez !

**Flamel**  *(Penché sur la bague)* Okchease, joaillier, Church Street, Warwick. Je filais déjà Clayton quand il l'a achetée. À vil prix, la vérité m'oblige à le dire.

**Elle**  Jolie non ?

**Flamel**  *(S'écartant d'elle)* Fausse.

**Elle**  *(L'examinant)* Jolie tout de même.

**FLAMEL**  Assez, j'imagine, pour qu'il lui doive la vie. *(Temps)* À moins que vos chiens ne l'aient proprement mis en pièces...

*Elle se tait. Flamel revient vers son chapeau, posé sur la table ; il en retire la serviette enrobant l'aile de poularde, et l'examine.*

**FLAMEL**  Déjà, il n'était pas bien neuf, ce chapeau... Je le mets d'ordinaire pour jardiner... mais la poularde l'a sérieusement tâché... *(Il tente de redonner à son chapeau une forme présentable)* Si votre intention n'était pas de les empoisonner tous les deux, ce soir, il me reste à deviner pourquoi vous les avez fait venir jusqu'ici, sinon pour les achever d'une autre manière.

**ELLE**  Si je vous le dis, vous me raconterez la fin de votre histoire, ce soir-là, dans la loge ?

**FLAMEL**  Êtes-vous sûre de ne pas la connaître aussi bien que moi ?

*Elle se tait ; puis, le plus naturellement du monde, elle se lève, quitte son fauteuil et poursuit, tout en marchant.*

**ELLE**  Un double espoir a poussé Clayton jusqu'ici : celui de récupérer ses lettres, et celui de s'assurer mon silence, tant sur les siennes que sur les miennes. Cette bague devait en être le prix, j'imagine, vu le riche mariage qu'il s'apprête à faire. Et dont vous avez certainement entendu parler, Monsieur Flamel, vous qui le suivez de si près.

**FLAMEL**  Avec la fille, très laide, d'un lord désespéré.

**ELLE**  Désespéré ?

**FLAMEL**  On le serait à moins, de voir sa fille, même laide, épouser un gigolo sur le retour, fût-il feuilletoniste, et à la mode pour les besoins de sa cause. *(Temps)* Je vois toujours mal en quoi les lettres d'Astrid auraient pu le compromettre.

**ELLE**  Il s'en est servi, mot pour mot, pour écrire son premier roman. Celui avec lequel il s'est fait un nom, à ce qu'on dit.

**FLAMEL**  Le disait-on si fort, que la nouvelle soit parvenue jusqu'à vous ?

**Elle** Assez, il faut croire, pour inquiéter Clayton au reçu de mon télégramme. Sans cela, croyez-vous qu'il se serait dérangé ?

*Flamel a joué, un temps, avec son chapeau, sans se décider à le mettre ; finalement, il le repose et vient se rasseoir à la table.*

**Flamel** En fin de compte, Mezzaferti avait raison : ces hommes qui l'entouraient ne valaient pas chers... Clayton, Prentiss... et les autres.

**Elle** *(Vient s'asseoir à la table)* Au cours de l'amour, ils valaient toujours mieux que lui, puisqu'ils me plaisaient.

**Flamel** Vous plaisaient ? *(Elle ne répond pas)* Lui plaisaient. *(Elle ne répond toujours pas)* C'est un cours bien suspect que l'amour... Bien variable aussi, car enfin Clayton est sauf... provisoirement sauf... et Mezzaferti, vous ne l'avez pas seulement relaxé, mais vous lui avez fait un cadeau inestimable. Lui, au moins, ne se sera pas dérangé pour rien ! Il a eu son paquet, c'est vrai ; mais il en a remporté un, aussi, qui valait la peine. Et le déplacement.

**Elle** Croyez-vous ? *(Il la regarde)* Vraiment ?

**Flamel** *(La regarde sans comprendre)* Votre voix...

**Elle** N'est jamais sortie de cette pièce.

**Flamel** Les bandes...

**Elle** Vierges. Absolument vierges. Comme il m'a eue, quand il m'a prise. *(Flamel la regarde, silencieux, puis détourne la tête)* N'est-ce pas mieux ainsi ?

**Flamel** Mieux ?

**Elle** Que de l'avoir tué ?

**Flamel** Ah oui ! Sans doute !

**Elle** *(Après un temps)* Vous n'avez toujours pas faim, Monsieur Flamel ?

**Flamel** Moins que jamais, Madame. Je n'aime pas manger froid ; et ce plat de vengeance m'a ôté l'appétit.

ELLE  Réchauffons-le ! Réchauffons-le ensemble à nos souvenirs, puisque nous en avons au moins un à partager.

FLAMEL  *(Suivant son idée)* Et s'il se venge, à son tour ?

ELLE  Sur qui ?

FLAMEL  Sur Elle !

ELLE  Sur moi ?

FLAMEL  Sur Astrid, en salissant sa mémoire.

ELLE  Il n'y touchera pas tant qu'elle est vivante. Et qu'elle peut se défendre.

FLAMEL  *(Se levant)* Alors, il reviendra.

ELLE  Ici, il ne trouvera personne. La maison est hypothéquée ; nous la quittons ce matin. Dès demain, elle sera sous séquestre et mise en vente. Tout ceci aura disparu.

FLAMEL  Alors, il la cherchera ailleurs. Partout. N'importe où. *(Temps)* Moi, je sais, Madame, qu'Astrid Milray est morte. Mais je suis sans doute le seul. Avec vous. *(Flamel se tient debout, son chapeau à la main, quand Éric fait soudain son apparition, par la porte-fenêtre du fond qu'il ouvre en grand. Peu après, il pénètre dans la pièce avec la corbeille de fleurs, qu'il vient poser à l'avant-scène)* Et lui. *(Éric sursaute en voyant la femme voilée debout ; d'un geste, Elle le rassure, et va vers lui. Ils échangent quelques phrases, vite et bas, puis Éric sort par où il est entré. Peu après, il ouvre les deux autres portes vitrées et l'on peut entendre, faiblement, les premiers chants d'oiseaux du matin)* Il ne me reste plus qu'à prendre congé.

ELLE  Sans avoir tenu votre promesse ? Votre rencontre avec Astrid, dans sa loge...

FLAMEL  Ne regarde que moi, Madame. C'est assez de trahisons pour ce soir, vous ne trouvez pas ?

ELLE  *(Venant vers lui, très doucement)* Non, Monsieur Flamel. Les traîtres sont partis ; les marchands ont quitté le temple. Nous sommes entre honnêtes gens et nous pouvons parler, sans haine et sans crainte.

**Flamel**  Comme au tribunal.

**Elle**  *(Se dévoilant)* Même si j'avais commis les crimes auxquels vous pensez, Monsieur Flamel, je ne les regretterais pas.

**Flamel**  Aveu imprudent ! Il y a des micros partout.

**Elle**  Éric est autant mon complice que mon ami.

**Flamel**  Ce sont toujours ceux qui trahissent les premiers.

**Elle**  Donnez-vous la peine de me regarder, Monsieur Flamel. Moi, je sais qui vous êtes, mais vous, m'avez-vous reconnue ?

*Elle a pris une lampe et l'a montée à hauteur de son visage.*

**Flamel**  *(La regarde)* Non.

**Elle**  Son habilleuse.

**Flamel**  Je ne m'en souviens pas.

**Elle**  C'est normal. Les habilleuses, on ne s'en souvient jamais. Mieux encore : elles sont là, toujours là, dans la loge, sur le plateau, en coulisses, on voit leur silhouette, de dos, ordinairement, penchée sur le corps magnétique et lumineux de la diva, mais personne ne les voit, personne ne connaît leur visage ; elles ont seulement deux mains pour agrafer, dégrafer, deux bras pour enserrer les tailles, porter les toilettes, les suspendre, les ranger. Quelquefois, on ferme les théâtres, et on les oublie à l'intérieur. *(Temps)* C'est ce qui me serait sans doute arrivé, si Mademoiselle Milray n'était venue m'y rechercher.

*À mesure qu'elle parle, elle perd peu à peu le personnage d'Astrid qu'elle a joué jusqu'ici pour devenir le sien véritable. Avec une présence infiniment douce mais ferme.*

**Flamel**  *(Ne l'ayant pas quittée des yeux)* Maintenant, oui, peut-être...

**Elle**  Non, Monsieur Flamel *(Souriant)* Faire semblant ne vous ressemble pas. Vous ne m'avez jamais vue, mais moi, oui, votre visage je m'en souviens très bien. Je m'en suis souvenue en vous écoutant raconter tout à l'heure... encore que sans l'uniforme... et avec la moustache !

**FLAMEL**  C'est une coquetterie... inflammable... que je ne me permettais pas alors ! Le service avant tout !

**ELLE**  *(S'asseyant)* Oubliez-le, et asseyez-vous. *(Il repose chapeau et manteau et s'exécute)* Parlons d'elle.

**FLAMEL**  À visage découvert ?

**ELLE**  *(À sa coiffeuse)* Par quoi tous les opéras se terminent ! *(Elle se dégante, lentement)* Nous nous retrouvons seuls, vous et moi, en coulisses ; et dans nos rôles respectifs. Prêts à rentrer chacun chez soi après la représentation. En traînant sur le plateau, un peu plus que de coutume. Comme ce soir-là ?

*Éric, depuis un moment, range silencieusement le salon, en débranchant les micros, remettant les plats sur la desserte, avant de recouvrir, pour terminer, les meubles de leur housse.*

**FLAMEL**  *(Soudain absent)* Comme l'homme qu'elle attendait ne venait toujours pas, elle s'est mise à en parler ; à me dire pourquoi elle ne pouvait plus faire autre chose que l'attendre. Je lui ai dit ; « Il se fait tard, vous ne pouvez pas rester seule toute la nuit dans ce théâtre vide » ; elle m'a répondu : « C'est ainsi que j'y suis le moins seule, vous comprenez ? » J'ai dit la vérité ; j'ai dit que non, je ne comprenais pas. Étant entendu que moi je vivais seul, enfin à la caserne, et qu'en dehors des manœuvres de routine, des interventions d'urgence, j'y étais très seul, n'étant pas marié... et les animaux, vous le savez peut-être, sont interdits... J'avais bien quelques fleurs dans une jardinière, mais ça ne remplace pas tout. C'est ce que je lui ai dit. J'avais trente ans. Je venais de les avoir la veille. Elle m'a dit : « Voulez-vous que nous les fêtions ensemble ? » Je lui ai dit que je ne buvais pas, à cause du service. Alors, sortons, m'a-t-elle dit. Et nous sommes sortis. Sur la porte du théâtre, elle a tenu, malgré tout, à laisser un mot pour lui, au cas où il viendrait... On ne savait jamais. Et nous avons pris un taxi, et nous sommes allés chez elle. Là, le taxi s'est arrêté et elle m'a dit : « Pardonnez-moi, je ne peux pas. » Je lui ai dit : « Cela ne fait rien », mais je ne comprenais pas pourquoi je disais cela, comme je ne comprenais pas ce qu'elle, pouvait faire ou ne pas faire. Et je suis resté là, assis à ses côtés. Le chauffeur attendait, et elle lui a dit de rouler, de rouler n'importe où, ce qu'il a fait, et nous avons traversé je ne sais combien de fois la ville, sous la pluie, tandis qu'elle me parlait. « Je l'aime, vous comprenez ? S'il revient, je quitte tout. Qu'il revienne seulement une

fois me voir, et je le suivrai, n'importe où, n'importe comment... »
J'ai dit oui, c'est ce qu'il faut faire, si vous l'aimez. « Personne, je
n'ai personne à qui parler. Ces gens autour de moi, je ne sais plus ce
qu'ils attendent de moi à part le fait d'ouvrir la bouche et de
chanter... Mais ce n'est plus du chant, Monsieur, c'est de la mort...
Je meurs, et ils ne le voient pas, je meurs et ils vivent tous de cette
mort, vous comprenez ! » Je disais oui, et je pensais aux corridas, je
ne sais pourquoi et je n'ai pas osé le lui dire... Ma confusion était
fort grande alors. Puis, la pluie a cessé et le taxi nous a arrêtés près
d'un parc public où nous sommes allés nous promener. « Et vous,
Monsieur ? » Moi, je lui ai dit mon nom et mes rêves de jardinage le
jour où, retiré de tout, je retournerais habiter le pavillon de mon
enfance, entre mer et campagne... « C'est dans un endroit comme
celui-là que je voudrais vivre avec lui » m'a-t-elle dit à mesure que
je lui décrivais la maison, les arbres, le ruisseau, l'air, la lumière...
Si un jour, Monsieur Flamel, je suis en perdition sur cette terre,
m'accueillerez-vous si je venais vous voir... Seule ou avec lui ?
J'ai dit oui, sans hésiter. Elle a pris mon nom ; mon adresse —
celle de la maison et celle de la caserne. Mais elle ne m'a jamais
écrit. *(Temps)* Sauf une fois. Une fois qui était la dernière. La lettre
d'il y a un an où elle m'annonçait sa décision d'en finir.

**ELLE** Disait-elle pourquoi ?

**FLAMEL** Entre l'amour et la mort, elle ne supportait plus
d'attendre l'un et l'autre.

**ELLE** *(Enchaînant presque sans transition)* Je l'ai trouvée, effectivement, morte, un matin, dans sa chambre, sur son lit où je posais, comme à l'ordinaire, le plateau du petit déjeuner. Nous en parlions souvent, et je savais qu'il fallait m'y préparer d'un jour à l'autre. *(Temps)* La lettre qu'elle me destinait était placée bien en évidence sur son écritoire ; je connaissais toutes ses volontés, je n'ai eu qu'à les relire et les exécuter. Que nous échangions nos rôles, voilà ce qu'elle souhaitait ; que je meure officiellement à sa place et que je prenne la sienne — ce qui ne posa aucun problème, puisque pour les rares personnes que nous fréquentions au village, à la paroisse, nous nous étions toujours présentées ainsi. *(Temps)* Si vous la cherchez au cimetière, c'est une dalle funéraire à mon nom que vous trouverez. Et que je vais fleurir chaque semaine, au vu de tous.
« Cette pauvre Mademoiselle Milray » murmure-t-on sur mon passage. « Il y a un homme là-dessous... » ajoute-t-on parfois. Un homme sur lequel tout le monde fait silence.

Flamel  Sauf vous. À Mezzaferti, vous lui en avez dit plus qu'il ne souhaitait en entendre !

Elle  Deluso est le seul homme dont il ait été véritablement jaloux.

Flamel  Un aventurier comme les autres.

Elle  Pas vraiment comme les autres.

Flamel  *(S'emportant légèrement)* Parce qu'il était le fils d'un diplomate italien en poste à Montevideo ? Et que ses extravagances, ses défis à la folie, aux scandales défrayaient la chronique...

Elle  *(L'interrompant)* Jusqu'à ce qu'il rencontre Astrid !

Flamel  C'est le roman qu'on s'est empressé d'écrire sur eux. Qu'y avait-il de vrai dans tout cela ?

Elle  Leur passion.

Flamel  Une passade.

Elle  Est-ce qu'un homme se donnerait, publiquement, la comédie de l'amour puis celle du suicide pour une passade ?

Flamel  Un homme ruiné par le jeu, oui. Qui nous prouve qu'il ne s'est pas bel et bien suicidé pour dettes, comme on l'a écrit, il y a quinze ans ?

Elle  Vous oubliez ses lettres. Ses lettres à Astrid.

Flamel  *(Après un temps)* Que sont-elles devenues ?

Elle  Un joli paquet, enfermé dans son secrétaire, avec ces simples mots : « À n'ouvrir qu'après ma mort ».

Flamel  Ce que vous avez fait ?

Elle  Longtemps après.

Flamel  Et ?

ELLE  Toute femme, j'imagine, doit rêver d'en recevoir de semblables.

*Flamel va donner quelques signes de contrariété, voire d'impatience, mais plus contenus qu'exprimés.*

FLAMEL  Mais puisqu'ils avaient choisi ensemble de quitter le monde, pourquoi ne vivait-elle pas près de lui ?

ELLE  Parce qu'on ne suit pas le vent.

FLAMEL  Vous disiez le contraire à Mezzaferti.

ELLE  Parce qu'elle l'a d'abord suivi, au début, c'est vrai. Vous vous souvenez bien ? Elle disparaissait sans prévenir personne. On la cherchait, on annulait les représentations... et puis, elle réapparaissait aussi mystérieusement, et les choses reprenaient leurs cours normal. Du moins en apparence. En réalité, vous le savez mieux que personne... elle ne faisait plus rien que l'attendre.

FLAMEL  Envers et contre tous les ragots qui traînaient en coulisses sur son compte. Et sur leur histoire, que tant de gens se plaisaient à salir. *(Temps)* De mon poste, j'étais bien placé pour les entendre.

ELLE  Le fantôme de l'Opéra !

FLAMEL  Oui, c'est ainsi qu'ils désignaient Deluso entre eux, et parfois même devant elle...

ELLE  Les gens ont besoin de voir pour croire, Monsieur Flamel.

FLAMEL  Mais ils l'avaient vu. Ils l'avaient tous vu, le soir de la première de *Lucia*... La première de Covent Garden qui ouvrait la saison, ils l'avaient bien vu, tous, à ses pieds...

ELLE  Et ils voulaient l'y voir encore. Ils avaient vu naître devant eux une grande histoire d'amour, ils réclamaient la suite. On la leur refusait, ils se sentaient exclus, volés. Déçus, ils se vengeaient.

FLAMEL  Et jusqu'à ces paris, ces paris infâmes sur son retour...

ELLE  *(L'apaisant)* Je sais tout cela, Monsieur Flamel... Ces cafards-là, je les ai vus de plus près que vous, et pendant plus longtemps encore, pour avoir le droit de les mépriser jusqu'au dernier.

*Flamel est revenu vers le milieu de la scène.*

**FLAMEL** *(Comme à lui-même)* Longtemps, longtemps après avoir quitté le théâtre, je les entendais encore... Comme longtemps m'a poursuivi ce geste d'elle que je lui ai vu faire au sortir du théâtre... d'épingler un mot sur le portail, à l'entrée des artistes... Une enveloppe à son nom... « Pour le cas où... vous comprenez ?... » Quand je l'ai quittée cette nuit-là, à l'aube devant sa maison, je suis rentré à pieds à la caserne, en passant derrière l'Opéra... L'enveloppe y était toujours. Battue et délavée par la pluie... le nom illisible... mais bien là. *(Temps. Il s'approche de la table, vers l'avant-scène)* La fragilité de ce signe, sur lequel reposait une espérance si grande, si aveugle... m'a bouleversé... Et l'idée que, dans quelques heures, elle allait franchir à nouveau ce portail et y retrouver cet appel sans réponse m'a été, je ne sais pourquoi, insupportable... J'ai traversé la rue... déserte encore à cette heure matinale...

*Elle s'est lentement approchée de Flamel. Il s'interrompt, surpris par son regard.*

**ELLE** *(Poursuivant)* Et vous avez pris la lettre...

**FLAMEL** *(Vivement)* Mais je ne l'ai pas lue... jamais *(Il se ressaisit)* Au demeurant, il n'en restait rien qu'un peu de papier mouillé... mouillé et barbouillé... entre mes mains...

**ELLE** *(Insistant doucement)* Et après ?

**FLAMEL** Après... je suis rentré à la caserne. Oui. Je me suis couché, je crois, mais je n'ai pas pu m'endormir. Et depuis, il ne se passe pas de nuits où je ne revoie cette scène... et une même soudaine pitié...

**ELLE** Pitié ?

**FLAMEL** Détresse, plutôt, m'envahit.

**ELLE** L'amour, Monsieur Flamel, nous laisse toujours ainsi. Un amour dont on se sent exclu.

**Flamel** Un amour si grand pour lui... et si mal partagé !

**Elle** Croyez-vous ? Au feu de l'amour, nous ne brûlons jamais les mêmes choses. *(Souriante)* Ce n'est pas à un professionnel comme vous que je vais apprendre les mille et une façons de circonscrire un incendie, de l'éviter, ou de s'y jeter.

**Flamel** Comment croire qu'elle ait pu choisir cet exil sans lui, seule dans cette maison...

**Elle** *(Précisant)* Aménagée par ses soins !

**Flamel** Où il ne venait jamais ? Où elle n'a rien fait d'autre que l'attendre ?

**Elle** Elle attendait ses lettres. Pas son retour.

**Flamel** *(Grave soudain)* Mezzaferti disait vrai, alors ? Deluso l'aurait, en quelque sorte, tuée par son absence.

**Elle** Il est mort, Monsieur Flamel, et on ne meurt jamais sans entraîner quelqu'un avec soi. N'est-ce pas déjà très beau que, pour elle, il ait vécu ? Peu importe où et comment ?

**Flamel** *(Hésitant)* Où ?... Mais, ses lettres ne vous donnaient pas... sa position géographique ?

**Elle** Non. Elles nous arrivaient toutes par l'intermédiaire de l'American Express qui nous les adressait sans jamais nous indiquer leur provenance.

**Flamel** Et... Mademoiselle Milray... ne trouvait pas cela singulier ?

**Elle** Deluso était singulier. Et puis, l'amour, quand il a « pris » ne se pose plus ce genre de question, j'imagine.

*Flamel la regarde, avec insistance. Elle se détourne.*

**Flamel** Vous « imaginez » ?

**Elle** Il poursuit aveuglément ses buts.

**Flamel** Et c'est en poursuivant les vôtres que vous l'avez assistée jusqu'au bout ? Et bien au-delà.

ELLE  Pour lui survivre, oui. Et la venger de ses humiliateurs.

FLAMEL  N'est-ce pas outrepasser vos fonctions d'habilleuse ?

ELLE  Et vous, celles de pompier ?

*Flamel hoche la tête ; ils se regardent, se sourient.*

FLAMEL  Avec grâces d'exception !

ELLE  D'exception ?

FLAMEL  La justicière en vous n'aura épargné que Deluso. Vous avez, pour lui, toutes les indulgences.

ELLE  Il avait, pour lui, tous les charmes.

FLAMEL  Et toutes les désinvoltures qui vont avec. Pour ne pas dire plus. Ou pire.

ELLE  J'étais là, en coulisses, côté cour, pour la première de *Lucia* qui ouvrait la saison à Covent Garden...

FLAMEL  J'y étais aussi. Côté jardin...

ELLE  « L'air de la Folie » se terminait... et dans un silence si grand qu'on aurait pu croire que la salle s'était vidée pendant qu'elle chantait. À la fin, il y a eu d'ailleurs comme un grand trou de silence, et à cause de cela, Astrid a eu comme un vertige... suivi aussitôt d'un autre quand les applaudissements ont éclaté. Des applaudissements comme si une tempête avait tout à coup soulevé la salle, et les gens presqu'aussitôt debout, et comme portés vers la scène... Oui, c'est cela : portés, et d'où j'étais, je l'ai vu lui, dans la loge d'avant-scène, assis au premier rang, immobile, la fixant comme jamais je n'ai vu de regard se poser sur quelqu'un... Je sais qu'après, pour le public, cela s'est passé très vite, sans qu'on ait pu le retenir ou intervenir, mais moi, qui ne le quittais pas des yeux, je peux dire qu'il a lentement, avec une précision incroyable, prémédité son geste, et le moment choisi pour l'accomplir... C'était le bond d'un fauve, dans la parade amoureuse, un seul bond de la balustrade à la scène, et l'instant d'après il était à ses pieds, un genou en terre, baisant le bas de sa robe... Dans la salle, c'était du délire... un délire tel, que plus personne ne songeait à la suite...

l'opéra n'était pas terminé mais tout le monde l'avait oublié... C'est ce que j'ai vu de plus beau se passer entre deux êtres, quand il a relevé la tête... ou plutôt non, c'est elle qui s'est penchée et, une main dans ses cheveux, l'a obligé à la regarder... *(Temps)* Ils se sont vus... et moi, je sais, que plus rien de ce qui se passait autour d'eux ne comptait... Ils étaient seuls, tragiquement seuls, et leurs visages... d'où j'étais, c'est surtout le sien que je voyais... traduisaient de l'un à l'autre la révélation muette de leur rencontre... Je ne sais combien de temps, ils sont restés ainsi, ovationnés par la foule... mais, elle s'est fatiguée avant eux, les applaudissements ont cessé, et, dans le silence, ils se sont parlés... À voix basse, personne n'a pu les entendre, juste avant qu'elle se redresse, en chancelant. Des coulisses, Mezzaferti a demandé le rideau, et il s'est fermé devant elle... que j'ai reçue tremblante dans mes bras... Éblouie et sans voix...

*Elle aussi se trouve sans voix, perdue dans ce qu'elle vient d'évoquer.*

**FLAMEL** J'ai vu tout cela... mais autrement... D'où j'étais... c'est son visage à elle que j'ai reçu... Lui, me tournait le dos. Le rideau baissé, il était de mon devoir de le faire... circuler... Il ne bougeait pas ; j'ai été obligé de le prendre par le bras pour le relever ; il m'a regardé, en se dégageant doucement, les yeux fixés sur elle... et il m'a dit...

*Éric reparaît ; il a quitté sa livrée et porte une tenue sport : blazer et pantalon de flanelle ; il a quitté, du même coup, son personnage. Il semble beaucoup plus jeune.*

**ÉRIC** Il faut vous changer, Madame. Nous devons partir d'ici avant l'aube.

*Elle remonte vers le fond. Éric commence à ranger la pièce.*

**ELLE** *(Se tournant vers Flamel)* Voulez-vous que nous vous déposions à la gare, Monsieur Flamel ?

**FLAMEL** Volontiers, Madame.

*Elle sort par le fond ; on la voit ensuite traverser le salon, et disparaître, côté jardin.*

**FLAMEL** *(À Éric)* Eh oui, Dock doit commencer à s'impatienter.

**ÉRIC** *(S'interrompant dans ses rangements)* Dock ?

**FLAMEL**  C'est mon chien. Je ne me déplace jamais sans lui, mais là, je l'ai confié au chef de gare. Sur son conseil. Un bien brave homme ; Dock et lui ont tout de suite sympathisé... Une chance ! Les amis des bêtes, je les reconnais de loin. Avec plus de flair que Dock même. *(Temps. Éric le regarde, perplexe)* Étonnant, non ?

**ÉRIC**  Vous avez peur ?

**FLAMEL**  Eh bien oui ! Peur qu'ils ne s'inquiètent, tous les deux. *(Temps)* Je leur ai dit... enfin, je lui ai dit, au chef de gare... ami des bêtes... que je venais voir Mademoiselle Milray, au *Sortoir des Ténèbres*... Il m'a tout de suite dit qu'il connaissait... qu'il vous connaissait d'ailleurs tous les deux... vaguement, bien sûr, très vaguement... Alors, à cause de vos chiens, il m'a proposé de garder Dock jusqu'à mon retour. C'est un homme prudent. Et délicat, non ? *(Éric ne répond rien et retourne à ses occupations)* À la gare, j'y pense, je vais certainement retrouver Monsieur Clayton. Nous sommes venus par le même train... ce qu'il ignore, et nous pourrions bien repartir de même.

**ÉRIC**  Très improbable. Nous l'avons surpris dans la voiture de Mezzaferti au garage ; ils sont repartis ensemble.

**FLAMEL**  Ensemble ? *(Temps)* Qui se ressemble...

**ÉRIC**  S'assemble. *(Temps)* C'est ce que j'ai pensé en remettant les lettres à Mezzaferti.

**FLAMEL**  Les lettres ?

**ÉRIC**  Les lettres de Clayton à Mademoiselle Milray. *(Flamel en reste pantois)* À lui de décider l'usage qu'il veut en faire. Quand et comment il jugera bon de les rendre à Clayton. Et à quel prix.

**FLAMEL**  *(Affirmatif)* À prix fort, n'en doutons pas.

**ÉRIC**  *(Souriant)* Croyez-moi, ils ne sont pas prêts de se quitter.

**FLAMEL**  À moins que, chemin faisant, ils ne s'entretuent.

*Flamel médite cette alternative. Du salon, un cartel sonne l'heure. Flamel consulte sa montre, réfléchit et hoche la tête.*

**Éric**  Voulez-vous que je vous dépose à la gare, pendant que Mademoiselle Moore s'habille.

**Flamel**  Je préfère l'attendre. *(Éric poursuit ses rangements. À la console, il débranche les fils, ôte les bandes des plateaux et les place dans une boîte qu'il dépose dans une valise. Flamel le regarde sans cesser de suivre son idée)* Au pire, Dock fera un tel ramdam qu'il cassera sa laisse... et bonsoir la compagnie ! J'ai prévenu le chef de gare, s'il devient nerveux, lâchez-le... Il adore partir à ma rencontre. *(Temps)* Dix heures, c'est son temps limite. Au-delà, l'expérience a prouvé que rien ne pouvait l'arrêter. Ah, comme mère-poule, il se pose là ! *(Temps)* Faut dire que la permission de minuit est passée depuis longtemps. *(Il sifflote, à l'imitation des oiseaux dont les chants du matin s'intensifient)* Souvent, avec Dock, nous partons dès les premiers chants d'oiseaux, jusqu'au petit bois qui domine la mer... Il aime ça... *(Elle revient, en jupe, chemisier et cardigan, un manteau sur le bras, une valise à la main, qu'elle dépose près des autres bagages. Elle s'avance sans bruit vers Flamel. Poursuivant)* On s'arrête, il écoute... On s'assoit tous les deux et on attend qu'il se passe quelque chose... d'inattendu. Et, vous ne le croiriez jamais : on n'est jamais déçus. Il arrive toujours quelque chose.

**Elle**  Ah oui ? Et quoi par exemple ?

**Flamel**  Oh, Madame, c'est de l'ordre de l'infiniment petit. Du presque invisible. Qui demande beaucoup de patience et d'attention.

**Elle**  Dont vous ne manquez pas, Monsieur Flamel, j'en suis profondément convaincue. *(Elle est près de lui, Éric commence à emporter les bagages, on l'entend, dehors, ouvrir et fermer des portières de voiture. Poursuivant)* C'est pourquoi, Monsieur Flamel, je souhaite vous confier ceci. *(De son sac, elle sort des lettres, tenues par un ruban)* Nul autre, il me semble, ne pourra mieux en prendre soin. *(Il les regarde, sans pouvoir dire un mot, faire un geste)* Je ne sais comment dire, mais ces lettres d'un homme plus léger que l'air, que personne n'a jamais pu saisir, c'est à vous... j'en ai l'absolue conviction, qu'elles doivent revenir. *(Temps)* Telle aurait été, j'en suis sûre, la volonté d'Astrid. *(Flamel se détourne)* Donc, la vôtre. Celle qui vous a conduit jusqu'ici.

**Flamel**  *(Troublé)* Des lettres, Madame, sont des choses trop intimes que pour les confier à un étranger, si flatteuse que soit pour lui cette marque de confiance. Un étranger... à qui Mademoiselle Milray n'a adressé la parole qu'une fois...

ELLE  Un étranger qu'on garde secret, mais dont on se souvient comme du seul être à qui l'on puisse confier un désir aussi grave, que celui de mourir ? Cette dernière confidence ne rejoint-elle pas la première ? L'amour, la mort ? *(Elle lui tend les lettres)* Je suis sûre Monsieur Flamel, que ces lettres trouveront en vous le seul lecteur qui ne leur fasse pas offense. Comme il arrive qu'on en retourne à l'envoyeur pour que l'âme du destinataire repose en paix. Dans un lieu de paix connu de lui seul. *(Elle lui met les lettres entre les mains)* Ne la repoussez pas. Vous êtes venu de si loin la chercher.

*Flamel prend le paquet de lettres, d'un geste presque machinal, sans oser la regarder, Elle. Éric, du fond de la scène d'où les bagages ont disparu, revient vers eux, avec un manteau à la main, qu'il place sur ses épaules à Elle.*

ÉRIC  *(Bas)* Il faut y aller.

ELLE  Allons-nous, Monsieur Flamel ?

*Flamel se retourne, tenant toujours les lettres à la main ; il prend soudain conscience de la situation, des lieux, des deux personnes qu'il a devant lui.*

FLAMEL  Aller ?

ELLE  À la gare. Ne souhaitiez-vous pas qu'on vous y dépose ?

FLAMEL  *(Toujours sous l'émotion)* C'est que... oui. J'ai dit oui, quand il faisait encore nuit. Enfin, presque nuit. Presque jour, plutôt. Maintenant non, je dis non. Il me semble que je peux rester, et partir avec le jour, en longeant la rivière, comme je suis venu, jusqu'à la gare... par le parc où Elle s'est promenée si souvent, j'imagine. C'est à l'aube qu'on sent le mieux les présences.

ELLE  Alors, adieu Monsieur Flamel. Vous êtes ici chez vous, quelques heures encore. Partez seulement avant les huissiers. *(Elle lui tend la main, il la prend et s'incline. Éric fait de même)* Permettez-moi de vous présenter mon fils. La mise en scène de ce soir était de lui. Il veut faire du théâtre, et j'espère que vous aurez l'occasion de venir l'y applaudir bientôt.

FLAMEL  J'applaudis déjà !

ELLE  Sur une vraie scène, de vraies planches.

FLAMEL  Que vous brûlerez, sans aucun doute... et je m'y connais, Monsieur ?...

ÉRIC  Milray. Nelson Milray.

ELLE  À sa demande ! *(Étonnement de Flamel)* Non, Monsieur Flamel, Nelson est bien mon fils ; Astrid l'a seulement aimé comme s'il était le sien, en lui léguant sa voix — que nous allons éditer — et son nom, qu'il va perpétuer sur scène.

FLAMEL  *(Murmuré)* C'est bien.

ELLE  Sous ce nom, vous pourrez toujours nous retrouver, Monsieur Flamel. Et si nous passons par Brighton, nous autorisez-vous à venir vous voir ?

FLAMEL  On me connaît encore à la caserne où je rends quelques services. Ils vous diront comment trouver la maison.

*Elle entraîne Éric vers le fond, au moment de sortir, elle se retourne.*

ELLE  Derrière le petit bois qui domine la mer...

FLAMEL  Juste avant le verger où les épouvantails n'effraient même plus les oiseaux... *(Temps)* Vous m'y trouverez toujours. À moins qu'il n'y ait le feu, en ville ! *(Elle sourit. Éric l'entraîne et ils sortent tous deux par le salon, côté jardin. Peu après, on entend des portières se refermer et une voiture démarrer. Quand le silence, peu à peu, revient, il se peuple de chants d'oiseaux, que Flamel écoute, debout, les lettres dans sa main. Alors, lentement, il les regarde, puis, il regarde autour de lui, comme s'il s'inquiétait d'on ne sait quelle présence. Mais non, il est seul. Alors, avec précaution, il dénoue le ruban, défait le paquet, le déplie en éventail : il tire une lettre au milieu et, avec des gestes d'une infinie douceur, l'ouvre. Lisant)*

Ma toute petite chérie,
toute à mes pensées, si chérie à mon cœur et si petite aussi, blottie et sertie en moi comme un joyau avec lequel je fais corps,

depuis qu'il s'est fondu au mien. À quelle solitude t'es-tu vouée pour m'attendre, moi qui ne puis rien pour toi, sinon te répéter encore et encore que tu es la seule, et que, dans la nuit noire où je m'enfonce, ma folie depuis longtemps aurait eu raison de moi, si tu ne l'éclairais du dedans, comme un feu continu pour éloigner les loups. *(Peu à peu Flamel va quitter des yeux la lettre, en continuant cependant à dire le texte, dont on comprendra bientôt, quand il relèvera tout à fait la tête, qu'il le connaît par cœur)* Avant toi, je courais le monde et, au sifflement du vent qui me menait, se mêlait une voix qui m'entraînait toujours plus au large : ainsi des naufrageuses que les navigateurs connaissent bien. *(Flamel relève lentement la tête, regarde droit devant lui)* Maintenant, c'est à la tienne que je vais, c'est d'elle que me viennent toutes mes pensées, à elle encore qu'elles retournent. Impossible qu'elles se perdent en route, si longue qu'elle soit... Je ferme les yeux pour te regarder dormir encore à cette heure du matin où les premiers bateaux appareillent dans le port, où tout se lève, le vent, les voiles, le soleil et où je te vois bouger derrière ce qui s'éveille... *(Du dehors, le chant matinal des oiseaux s'amplifie, et le soleil entre au salon qu'il baigne d'une lumière orangée, en même temps que, silencieusement, Dock, le chien de Flamel, fait son apparition par le fond. Il vient jusqu'au milieu de la scène et s'assied)* Sais-tu que chaque matin, sur le port, un chien vient à ma rencontre et me suit, tout le temps que dure ma promenade... il arrive toujours de la même jetée, comme s'il venait de la mer, et me quitte toujours au même ponton, comme s'il n'avait pas d'autre mission que de faire chaque jour ce bout de chemin avec moi, avant de repartir vers je ne sais quoi qui l'accapare alors tout entier, car rien à faire pour le retenir, rien... Tout le temps de notre promenade, je lui parle de toi... Je lui raconte ce miracle entre nous... Comment j'ai volé de si loin vers toi pour finir à tes pieds, ce soir-là, et n'en avoir plus jamais bougé, en quelque sorte... Il écoute... s'assied... c'est lui qui fixe les haltes, et, l'oreille tendue, il plisse les yeux et soupire... Notre histoire, jamais je ne la raconterai à personne mieux qu'à lui... Il te connaît maintenant aussi bien que moi... Parfois même, du fond des brumes d'où je le vois sortir certains matins, je m'étonne qu'il ne te précède pas... je m'étonne que tu n'apparaisses pas sur la jetée d'où il accourt en arrivant... ou que tu ne m'attendes pas près du ponton où il me quitte... *(Dock s'est approché de Flamel, qui ne le voit toujours pas, il s'assied contre sa chaise, un peu en retrait, et finira, juste avant la fin de la scène, par se coucher)* Il y a des silences aussi... qu'il respecte... et que, de temps en temps, nous nous arrêtons pour écouter... Alors, je lui parle de ta voix... ta voix... et je ne sais plus que dire pour lui faire comprendre... entendre ce que j'entends...

*Il se met à fredonner, la voix un peu enrayée, l'air de* Lucia, *alors que, du fond du parc, on commence à l'entendre, lointain d'abord. À mesure qu'il envahit la scène, le soleil gagne encore au salon, tandis que la chambre d'Astrid s'assombrit. Seuls, restent éclairés, Flamel et Dock. La main de Flamel qui tenait la lettre est retombée sur le côté, et la lettre s'en échappe. Dock, en sentant la main toute proche de son maître, relève la tête et la lèche. Flamel sourit, le regard toujours perdu devant lui, tandis que la dernière vocalise de* Lucia *monte jusqu'à sa note la plus aiguë, et que lentement, sans bruit, le rideau tombe.*

Fin